달콤살벌한 연애상담소

달콤살벌한 연애상담소

김지윤 지음

1판 1쇄 인쇄 2013. 4. 22. | **1판 6쇄 발행** 2014. 4. 27. | **발행처** 포이에마 | **발행인** 김도완 | **등록번호** 제300-2006-190호 | **등록일자** 2006. 10. 16. | 서울특별시 종로구 북촌로 63-3 우편번호 110-260 | 마케팅부 02)3668-3246, 편집부 02)730-8648, 팩시밀리 02)745-4827

달콤살벌한
연애상담소

김지윤 지음

포이에마
POIEMA

가장 좋은 연애의 기술은 진실한 태도에서 비롯된다

연애는 꽃답다. 아름답다. 섹시하고 진정 로맨틱하다. 그리고 어렵다. 참 어렵다. 사람은 사랑할 때, 고독이 자리할 수 없는 사랑을 기대한다. 외로움은 낄 수 없는, 따뜻한 가슴만 존재하기를 기대한다. 그러나 연애는 안타깝게도 그 기대를 채워줄 힘을 지니고 있지 않다. 기대는 실망으로, 바람은 분노로 변한다. 그리고 다시 갈망한다.

사랑에 허기져 있는 사람들의 희망을 '연애'가 채워줄 수 있을까. 연애에서 행복과 만족만을 찾으려 한다면 인간은 완전한 연애를 끝끝내 할 수 없을 것이다. 연애는 로맨스와 행복을 지나 성장을 향해가는 내면의 여행이 되어야 한다. 자기 자신과 가장 깊이 만날 때, 그 깊이만큼 타인을 사랑할 수 있다. 연애는 궁극적으로 자기 자신과의 싸움이다. 이 책은 그 여정을 가기 원하는, 사랑의 순례자들을 위한 책이다. 누군가가 연애에서 길을 잃었다면 이 책이 예기치 않게 찾아온 이정표가 될 수 있을 것이라 생각한다.

이 책은 연애에 대한 Q&A이다. 하지만 인간의 심오함을 따라오지 못하는 잡스러운 연애 테크닉에 대한 것은 아니다. 지난 2년간 250여 회의 강의를 하면서 강의 현장에서 만났던 2만여 명의 청춘에게 받은 질문의 내용과 WOWCCM의 사연을 토대로 구성한 것이다. 질문의 개수는 300가지 정도였는데 그 중 80여 개를 선별했다.

질문한 자들을 보호하기 위해 핵심주제를 손상하지 않는 범위에서 약간씩 재구성되었고 모두 가명을 사용하였다. 그러므로 읽는 도중 '이거 내가 아는 그 사람 얘긴데?'라고 추측하는 것은 아무런 의미가 없다는 점을 밝히고 싶다. 이 책이 오늘 연애에 방황하는 청춘들에게 의미 있는 책이 되기를 바라고, 청춘들과, 소통하기 원하는 지도자들과, 부모님들에게 대화의 다리가 되기를 바란다.

연애는 한 사람의 과거와 미래가 연결되는 교차점이자, 상대방과 끊임없이 싸우고 조율해야 하는 치열한 전쟁터다. 선택할 수 없었던 가정에서 독립해 이제 스스로 선택하고 만들어 나가는 미래를 준비하는 큰 영역 중 하나가 연애이다. 이 교차점에는 수많은 선택의 기로가 있다. 불 같은 로맨스의 위력은 대단하다. 매혹적이다. 그래서 더욱 조심해야 한다. 이 땅의 청춘들이 감정에 지배당하지 않는 연애를 하기를 바란다. 제발, 이 중요한 연애를 가슴으로만 하려들지 말자. 연애에는 뜨거운 가슴 말고도 좋은 가치관, 성숙한 인격, 정서적 근력, 선의지, 책임감과 같은 인격에 담긴 좋은 태도가 필요하다.

나는 '가장 좋은 연애의 기술'은 '연애에 대한 좋은 태도'라고 믿는다. 이 책은 이 믿음에 관한 이야기이고, 그 믿음에서 이야기는 시작된다.

달콤살벌한 연애상담소
봄날 댓글

건강한 연애, 서로 살리는 연애를 만들어줄 환상의 비법이다. _박은경님 ★이토록 뼈가 되고 살이 되는 강의라니! _니콜님 ★사람과 사람이 만나는 일에 가장 중요한 것들을 가르쳐주었다. _미소지움님 ★연애에 대한 책 한 권 읽지 않고 연애하려 들다가 큰 코 다치게 된다는 걸 깨달았다. _도도님 ★사랑도 노력이다. _지유님 ★tvN스타특강쇼에서 못다 한 이야기가 여기 다 모였네! _이현영님 ★사랑에 관한 아름다운 관점을 이야기해주신 소장님께 '좋아요' 표시를 해두었습니다. _김영주님 ★정직하고, 계산하지 않고, 자신감 있는 연애가 하고 싶어졌다. _한아름님 ★진짜 너무 웃기다. 공감과 감탄을 반복할 뿐. _으님 ★그녀의 실전 연애 컨설턴트 완전 마음에 든다. _소이님 ★백마 탄 남자는 말 타다 떨어져 죽었단다! 정신 차려야지. _나반장님 ★아, 정말 깨알같이 다 알려준다. _영턱스님 ★소장님 강의보고 책 읽다가 오늘 하루가 다 갔다. _태극님 ★연애도 알아야 할 수 있다는 걸 뼈저리게 공감함. _김주우님 ★연애 배우려다 내게 가장 필요한 것이 무엇인지 깨닫게 되었다. _이종문님 ★용기에 용기를 거듭하게 만드는 책. _세경님 ★소장님의 멋진 드립에 킥킥 웃다가, 후반부엔 나도 모르게 눈물을 줄줄 흘렸답니다. _김수님 ★시집 못 간 우리 언니에게 세 권 다 선물했다. _남보라님

조금은 까칠한 그 여자에게, 언니의 조언

조금은 속상한 그 남자에게, 누나의 위로

그와 그녀의 사람들에게, 사랑을 답하다

"LOVE"

서글픈 모태솔로에게, 연애를 가르치다

연애를 한 번도 못해봤어요

Q 저는 아름다운 사랑을 꿈꾸는 모태솔로입니다. 이제 정말 연애라는 것을 해보고 싶습니다. 그런데 모태솔로인지라 사랑의 감정이 어떤 건지조차 파악하기 힘듭니다. 그런데 이상하게도 누군가 저를 좋아한다고 하면 그 사람이 갑자기 싫어진다는 겁니다. 그 감정 뒤에는 '내가 저 남자를 더 사랑하면 어떻게 하지?'라는 두려움도 있습니다. 또 힘든 결혼생활을 했던 엄마가 생각나서, 남자와 실제로 관계가 이어지려고 하면 자꾸만 뒤로 빼게 됩니다.

A 선택의 순간엔 발을 빼는 게 아니라 들이밀어야 한다. 모태솔로가 된 이유는 제각각이다. 그런데 다양한 모태솔로들 중 내 마음을 아프게 하는 두 가지 유형이 있다. 첫 번째는 사랑에 대한 환상에 스크래치를 낼 수 없어서 완벽한 상대가 아니면 연애 자체를 시작하지 않으려는 경우이다. 모태솔로들 중 이런 말을 하는 사람을 보면 가슴이 철렁 내려앉는다. "저는요, 딱 한 번의 연애로 결혼까지 가고 싶어요. 기다리면 좀 어때요. 이렇게 기다리다가 운명의 남자 만나서 바로 결혼하고 싶어요."

아, 인생 정말 쉽다. 물론 역경 없이 결혼에 도달하는 이들이 있지만 모두가 그렇지는 않다. 그리고 정말 그것이 가장 좋은 길일지, 로또 당첨 같은 사랑의 질은 얼마나 좋을지 의문이다.

두 번째는 가정에서 받은 상처로 인해 이성에 대한 두려움이 생긴 경우다. 결혼뿐만 아니라 사랑 자체에 대한 신뢰가 깨져서 연애하지 못하는 이들이 있다.

그대는 첫 번째와 두 번째가 약간씩 섞인 혼합형인 것 같다.

모태솔로가 상황을 바꾸는 방법은 실제 사랑을 시작하는 것이다. 어쨌건 만남을 시작해 개미 뒷다리만큼이라도 지리멸렬한 사랑의 현실에 발을 담그고 온 신경으로 사랑의 희로애락을 느껴야 한다. 상상이나 환상 속에는 진짜 사랑이 없다. 그러니까 기회가 되는 대로 사랑이란 것을 시작해라. 어떤 남자가 관심을 보이면 '뭐야, 왕자님이 아니잖아. 개구리 주제에…' 이런 식으로 생각하면 안 된다. 개구리가 사실은 왕자님이지 않았던가. 환상의 풍선을 터뜨리고 그저 그런 사랑의 현실에 몸을 푹 담가라. 그리고 사랑을 배워가라. 사랑은 아프구나, 사랑은 어렵구나, 사랑은 별것 아니구나, 사랑은 정말 위대하구나, 사랑은 상처투성이구나, 그래도 사랑은 아름답구나…. 부딪히고 깨지고 배우고 느끼고 깨닫는 과정은 아프지만 가치가 있다. 이 세상에 처음부터 끝까지 아름다운 사랑은 없다. 인내와 희생이, 상처를 감내하는 내면의 승리가 아름다운 사랑을 낳는 것이다. 해산하는 수고 없이 아름다운 사랑의 탄생은 없다.

올해 우리 아들은 네 살이 되었다. 가능한 일은 결코 아니지만 눈에 넣어도 안 아프다는 말이 무슨 말인지 알 것 같다. 그리고 생각한다. 딱 이만큼 큰 아이가 한 명 더 있으면 좋겠다고. 기왕이면 다른 성별로. 머리에 리본 달린 핀도 꽂아주고 싶으니까. 하지만 그것은 환상이다. 입양은 하든 다시 아이를 낳든, 밤새 우는 아이를 달래고, 두 시간에 한 번씩 기저귀를 갈고, 하루에 여덟 번씩 젖을 물리거나 우유를 타주고, 아이가 아프면 함께 밤을 새는 숱한 수고가 없다면, 나와 애착관계가 잘 형성된 네 살짜리 귀여운 아이를 얻을 길은 없는 것이다.

그리고 나쁜 증상 한 가지, "저를 좋아하는 사람은 싫어져요." 그럴 수 있다. 불행한 결혼생활을 했던 부모님, 그 부모님을 통해 거부감이 들 수 있는 것이다. 연애나 결혼에 대한 왜곡된 생각이 자리 잡히면 상대방이 근거리에 들어오면 어색하고 힘들어 못 견딘다. 정서가 말라죽을 것 같으니까 살기 위해 남자를 밀어낼 수밖에 없는 것이다. 나 역시 가정에 상처가 있는 자로, 그 일은 고통스럽지만 사랑을 얻기 위해가야 할 길이다. 태어나 자란 가정이 상처를 주었다고 해도 그다음은 내 몫이다. 다음을 어떻게 선택할지에 대한 자유는 상처도 빼앗지 못한다. 그러니 틀을 깨고 과감하게 좋은 선택을 연속적으로 하다보면 어두움을 깨고 빛 한줄기가 들어올 것이다.

마지막으로, '내가 저 남자를 더 사랑하면 어떻게 하지?' 이런 걱정하는 여자들 참 많다. 너무 착하고 이상적이다. 솔직히 애인이 생기고 사랑을 하고 결혼을 하고 아이를 낳아 키우며 자기 자신에게 배신 때리는 이들이 어디 한둘이랴. 나를 비롯해 인간사와 연애사에 치이는 많은 이들이 그렇게 마음을 접었다 폈다 하면서 민망해하고 죄송해하면서 살아간다. 나는 그것이 다 성장의 여정이라 생각하며 스스로 위로한다.

모태솔로 여인이여, 지금까지는 모태솔로라는 삶의 형태에 이를 수밖에 없는 수많은 선택을 하면서 살아왔을 것이다. 하지만 지금부터는 수없이 다가올 선택의 순간들을 용기로 제압하는 기지를 발휘해주시라. 그래야 이제부터 사는 인생이 억울해지지 않을 것이다.

소개팅에 친누나 데리고 나온 남자,
만나야 하나요?

Q 얼마 전에 소개로 한 남자를 만났습니다. 그런데 소개팅을 하는 날, 남자의 누나와 누나의 남편이 같이 나왔습니다. 물론 나쁜 의도는 아니었어요. 동생을 걱정하고 위하는 마음이 느껴졌고, 누나와 누나의 남편은 분위기를 좋게 해주려고 많은 말씀을 하셨습니다. 하지만 정작 소개팅남과 저는 서로에 대해 몇 마디 못한 채 헤어졌습니다. 그리고 일주일 후 다시 만나게 되었어요. 그런데 이번에도 누나가 또 같이 나왔습니다. 누나가 나온 이유는 남동생이 상경한 지 얼마 안 되어서 지리를 잘 모른다고 데이트하기 좋은 곳을 가이드 해주신다는 명목이었습니다. 아… 제가 아무리 올드미스라지만, 아무리 급하다지만, 이건 아니라는 생각이 듭니다. 다시 만나는 것은 무리겠죠?

A 급하게 먹은 밥이 체한다는 말, 괜히 생긴 게 아니다. 여섯 살짜리 남자아이 유치원 소풍 짝짓기도 아니고 이 무슨 황당한 행태인가. 여섯 살 남자아이도 자신의 연애사만큼은 본능적으로 엄마에게 비밀이 되어야 한다는 걸 안다. 자신의 감정이 부끄럽기도 하고 혼란스럽기도 하고 변화무쌍하기도 하니까.

한 지인이 자신의 아들에 대해서 가장 섭섭했던 순간을 내게 이야기해준 적이 있다. 아들이 여섯 살 때 유치원을 다니기 시작했다. 유독 엄마와 떨어지기를 싫어했던 아들은 대성통곡을 하지 않고서는 유치원 문턱을 넘지 못했다. 그런데 어느 날부터인가 혼자 유치원을 가겠다고 했단다. 처음엔 기특하구나 생각했는데 아무래도 좀 이상하더란다. 그래서 엄마는 자식의 뒤를 밟았다. 그랬더니 유치원 담장 너머로 보이는 아들, 집에서부터 꽁꽁 싸가지고 간 사탕을 여자 친구에게 내밀면서 그렇게 좋아하더란다. 아들은 담장 너머의 세계를 알게 된 것이다. 아들은 그렇게 엄마 아닌 다른 여자에게로 가는 독립의 여정을 시작하고 있었다. 엄마는 섭섭하지만 보내는 법을 배워가고, 아들은 아무 생각 없지만 떠나는 법을 터득한다.

동생의 소개팅에 따라 나오는 누나가 있는 가정엔, 이런 독립의 여정이 없었던 것이 아닐까 싶다. 추측하건대, 남자의 어머니가 나오려 했으나 차마 그러지 못해 누나가 대신 나온 것이 아닐까, 하는 생각도 든다. 무서운 상상 같은가? 만일 누나의 안목이 차마 못 미더워, "이보게, 애 혼자 나간다고 뭘 알겠나. 남자 입장에서도 한번 살펴봐야 하는 법이니, 다 가족의 일이라 생각하고 자네도 시간을 좀 내어주게나"

하시며 사위 등까지 떠미신 것이라면 더 무섭다. 남동생의 소개팅에 나가겠다는 누나를 말리지 못하는 엄마, 혹은 남동생 소개팅에 나가보라는 엄마의 말을 거역하지 못하는 누나, 혹은 남동생 소개팅에 나간다는 아내를 말리지 못하는 남편. 그리고 자신을 따라 소개팅에 나오는 누나와 매형을 따돌리지 못하는 30대 남자. 이 가운데 하나의 캐릭터만 존재한다 해도 결혼생활이 순조로울 것을 확신하기 어렵다.

결혼 후 이런 고민을 이야기하는 여자들이 꽤 있다. 시댁 식구들이 언제나 똘똘 뭉친다는 것이다. 시댁의 여자구성원들이 심하게 뭉치는 것 같다는 생각이 들 땐, 뭔가 기운을 감지해야 한다. 시집간 시누이도 아가씨도 다 아이들과 함께 주야장천 친정에 머문다. 주말이면 언제나 시간을 같이 보내고 어디를 가든 모두 다 같이 움직인다. 중요한 의사결정에 아가씨들의 의견이 불꽃 튄다. 마트도 같이 가고 쇼핑도 같이 간다. 이런 식으로 화목해 보이는 시댁은 아들의 가정에 불화를 제공할 가능성이 높다. 정서적 독립의 중요성과 필요성을 도무지 인지하지 못하는 시댁, 가족구성원이 서로에게 독립을 제공하지 못하고 성장하지 못한 시댁은 여자들의 정서를 죽인다. 그리고 그런 가정에서 자란 남자를 남편으로 맞이할 경우엔… 차마 슬픈 마음에 글을 잇지 못할 정도다.

이 소개팅남, 정말 귀한 아드님이신 것 같다. 이런 귀한 아드님을 남편으로 모실 때에는 또 한 가지 알아두어야 할 것이 있다. 그가 경험한 여자들은 모두 자신을 왕자처럼 대했을 것이라는 사실이다. 연애가 아닌 결혼생활이 시작되었을 때, 그 왕자님께서 갑자기 보좌를 버리고 내려오시어 아내의 발을 닦으며 섬겨주실지는 확신하기 어렵다. 물론 확률은 낮지만 몇몇 남자들은 자신의 배경을 극복하고 서로 섬겨주는 결혼생활에 성공하기도 할 것이다. 그러나 소개팅 자리에 누나와 매형과 같이 온 이 남자, 무엇을 극복해야 하는지도 모르고 있는 사람일 확률이 높지 않을까.

결론은 그대, '세상에 이런 경우도 있구나', '이런 집이 진짜 있구나' 하며 인생 공부한 것으로 퉁치면 어떨까. 만일 당신이 이미 이 남자와 사랑에 빠져버렸다면 말리지는 않겠다. 그러나 이후의 삶을 위해서 제갈량이 되지 않고서는, 마음 고생을 피할 순 없을 것이다.

마흔을 눈앞에 둔
모태솔로입니다

Q 저는 힘든 가정환경에서 자랐습니다. 그리고 지금까지 정말 치열하게 삶을 고민하고 힘겹게 사느라 연애를 생각할 겨를이 없었습니다. 그리고 가정에 대한 상처 때문에 무의식적으로 남자들에게 벽을 쌓고 살아왔던 것 같습니다. 그사이 저의 청춘은 다 지나가버렸습니다. 이제는 사랑하고 싶은데 시작이 어렵습니다. 여자들에게는 '귀엽다', '예쁘다'라는 말을 많이 듣지만 남자들에게는 '목석같다', '냉정하다', '짜증스럽다'라는 이야기를 듣고 있어요. 사랑 참 어렵습니다. 또한편으로는 제가 얼마나 저의 여성성을 억압하고 부자연스럽게 살았는지를 돌아보게 됩니다. 이제 상처를 딛고 정말 사랑하고 사랑받는 여인의 삶을 살고 싶습니다.

A 사랑도 당신을 오랫동안 기다렸다. "태산을 넘으면 평지가 보인다"라는 말이 있다. 깊은 밤이 지나면 동이 트는 새벽이 온다. 캄캄한 어둠 속에서 태산을 넘었으니, 이제는 동트는 새벽에 평지를 걸을 차례이다. 사연을 보니 젊은 청춘의 끝자락에 다다르기까지 자기 자신과 인생에 대해 진지한 고민을 하는 시간을 보낸 것 같다. 얼마나 아프고 힘겨운 시간을 보냈을까. 사랑을 빨리 시작하지는 못했지만 그 누구보다 빛나고 값진 청춘의 시간을 가졌다고 생각한다. 당신의 1막은 그 누구의 1막보다 멋지게 막을 내렸다.

자, 그럼 이제 어떻게 2막을 열어갈 것인가. 1인 2역이라는 표현이 좋겠다. 1막과는 다른 캐릭터와 의상과 말투를 가진, 원래는 같은 사람이나 막에 따라 다른 역할을 하는 2인이 되는 것이다. 원래의 나를 버리는 것이 아니다. 내 안의 여러 가능성을 끌어내는 차원에서 또 다른 '나'를 만나는 것이다.

가끔 이런 생각을 한다. 만일 나의 어린 시절에 상실과 방치의 상처가 없었다면 나는 어떤 모습일까? 어떤 성격을, 어떤 정서를 가졌을까. 왜곡이 없는 나는 어떤 존재였을까. 좀 더 밝았을까? 하고 싶은 말을 좀 더 거침없이 했을까? 정서가 건강한 만큼 체력도 더 좋았을까? 안정적인 만큼 공부도 더 잘했을까? 어쩌면 성장과 회복이란 내 본연의 모습을 찾아가는 과정이 아닐까 생각했다.

핵심은 회복과 성장이다. 가정에서 상처를 받으며 나는 어떤 모습을 잃어버렸던 걸까. 이 세상에 존재하는 모든 여자가 다 살갑고 애교가 넘칠 수는 없는 노릇이다. '목석같다, 냉정하다, 짜증스럽다'라는 평가를 받는다고 해서 무조건 이 반대의 행동을 하는 게 답은 아니다. 잃어버린, 진짜 '나 다운 나'를 찾아가는 여정이 먼저이다. 그대, 여성들에게는 '귀엽다'라는 평가를 받고 있다. 아마도 가장 편안한 관계에서는 귀여운 면모를 많이 드러내는 성격인가 보다. 여기에 본연의 캐릭터를 찾는 단서가 숨겨져 있을 것이다.

상처에 대항하는 방어기제가 없던 나는 어떤 캐릭터였는가. 거기서부터 2막의 또 다른 역할에 대한 분석이 시작된다. 그리고 그 분석을 토대로 '사랑받기 위해' 캐릭터를 만들어 연극을 하는 게 아니라, 한 존재를 '사랑하기 위해' 자신의 역할을 만들어가는 것이다. 남자들이 필요로 하는 사랑을 건강하게 채워주는 관점에서 여성성의 회복과 성장을 갖기 위해서 말이다.

남자들은 사랑을 필요로 하는 존재이다. 그들은 존경과 격려와 인정을 통해 사랑의 욕구를 채운다. 남자들이 여자의 애교에 약한 이유는 그들에게 애교는 존경과 인정의 또 다른 의미로 해석되기 때문이다. 우리와 같이 남자들도 사랑을 필요로 하는 존재이다. 그들을 사랑해주는 것은 여성들의 몫이다.

그러니 2막에서의 새로운 캐릭터는 이 정도면 어떨까. 상처가 있었으나 그 상처로 인해 더욱 성숙해진 여자. 비로소 남성을 경계하던 갑옷을 벗는다. 그리고 이제는 갑옷 대신 따뜻한 심장으로 남성을 사랑한다. 인간은 자신을 넘어 타인을 진심으로 사랑하고 섬길 때, 진정 아름다워 보인다.

그리고 또 하나, 모태솔로라고 하니 기우에 한말씀 드린다. 모태솔로들은 도무지 시작을 하지 않는다는 특징이 있다. 실패는 두려워하고 사랑에 대한 이상은 높아진다. 때로는 고결하게 있다가 한 방에 결혼에 골인하려는 야심찬 계획을 가지고 있다. 첫 번째 연애로 결혼에 골인하는 것을 성공적인 사랑이라 생각하는 분들이 있다. 며느리 중에 외며느리가 시어머니 마음에 들기 가장 어렵다는 말이 있다. 비교 대상이 없으니 잘해도 좋은 점수를 받기가 어렵다는 것이다. 부부 사이도 배우자 중에 첫 연애였던 사람이 만족도가 낮다고 한다. 역시 비교대상이 없으니 아무리 잘해도 잘하는 줄을 모르는 것이다.

좋은 연애란 단번에 결혼에 골인하는 것이 아니다. 상처도 주고 상처도 받고, 사랑 때문에 가슴이 찢어지게 아프다는 것이 뭔지도 알고, 사랑이 허무해서 울어도 보고, 이별도 해보고, 그러면서도 사랑을 포기하지 않는 것이 좋은 연애이다.

진짜 사랑은 현실에 있다. 한 방에 사랑을 잡으려는 사람이 되지 말고, 사랑을 찾아가고 이루어가는 사람이 되도록 해야 한다.

아마도 당신이 사랑을 기다려온 만큼 사랑도 당신을 오랫동안 기다렸을 것이다. 답은 이미 알고 있을 것이다. 그저 내가 할 수 있는 최대의 응원을 그대에게 드리고 싶다.

조건이 변변찮은데,
그녀에게 고백할 수 있을까요?

Q 정말 사랑하는 여자가 있습니다. 처음부터 그녀가 무척 좋았습니다. 물론 친구 사이입니다. 가끔 만나기도 하고 영화도 보고 밥 먹고 차 마시는 정도이지요. 친구 이상으로 발전하고 싶지만 도무지 고백할 엄두가 나지 않습니다. 고백했다가 거절당하면 어쩌나, 그런 일이 생기면 관계가 끝날까 봐 두렵습니다. 게다가 제가 가진 조건이 변변찮습니다. 그래도 고백이란 거 해봐야 할까요?

A '정말 사랑하는'이라는 표현을 쓰지 않았는가. 남자들이 고백을 주저하는 큰 이유 중의 하나는 고백했다가 지금처럼도 못 지내면 어떻게 하나라는 생각이 들어서인 것 같다. 길거리의 돌처럼 비참하게 차이느니 그냥 안전하게 주변을 맴돌기를 선택하는 것이다. 그런데 이런 선택은 당신을 영원한 주변인으로 만들 뿐이다. 관계의 변화는 없고 당신의 마음은 타들어간다. 그녀의 마음은 어떨까? 내가 그녀였다면 아마 한참 짜증이 나 있을 것이다.

남자들이 호감을 가지면서도 별 말 없이 꽤 오랜 시간 주변만 맴돌 때, 여자는 상당한 스트레스를 받는다. 물론 처음에는 좋다. '내게 밥 먹자고 하는 남자가 있다. 나 아직 죽지 않았어'라고 생각하며 좋아라 한다. 그런데 이렇게 물에 물 탄 듯 술에 술 탄 듯한 관계가 3개월 이상 지속되면 슬슬 짜증이 나기 시작한다. 도대체 뭘 하자는 건지, 목표가 불분명한 관계에 여자들은 답답함을 느낀다. 커피동호회도 아닌데 만날 만나서 커피나 마시고, 나란히 앉아 멀뚱히 영화나 보고, 또 밥이나 먹고…. 그러다 보면 여자는 어느 순간 이 남자가 우유부단해 보이기 시작한다. 이어서 혹시 이 남자 찌질이는 아닐까 하는 의구심마저 들기 시작한다.

남자는 용기가 없어서, 타이밍을 잡지 못해서, 나름의 이유로 진전시키지 못하는 상황이라는 거 이해한다. 아니면 '말하지 않아도 그간의 주고받은 문자메시지와 만남으로 이미 내 맘을 알지 않을까?'라고 생각하고 있을지도 모르겠다.

하지만 언어화된 고백은 상당히 중요하다. 언어화된 고백이 관계에 안정적인 경계선을 만든다.

"우리, 이제 사귈까?"
"우리 이제 사귀는 거다."

이런 구두 계약이 있어야 한다. 얼마 전 어떤 드라마에서 이런 장면을 보았다. 남자를 마음에 두고 있던 여자가 기회를 포착해 남자에게 기습 키스를 했다. 그리고 기습 키스를 당한 남자는 바로 이런 대사를 날린다. "우리 이제 사귀는 거다. 너, 나 책임지는 거다." 여자는 "알았어"라고 흔쾌히 대답한다. 나는 이 장면을 보면서 남자가 똑똑하다고 생각했다. 행동과 그에 따른 책임의 규정 그리고 언어화된 관계 설정과 협약이 빠른 속도로 이루어졌다.

어느 정도 호감이 있고 설레는 기간이 지났는데도 계속 감정을 추측하게 해야 하는 관계는 불안하다. 키스를 했는데도 관계에 대한 말이 없다. 그냥 분위기 때문에 실수한 건지, 그게 사귀자는 표현인지, 사랑의 고백인지, 염화미소처럼 은은한 대처는 너무 심오하다. 관계란, 어느 정도 시간이 지나면 경계선의 위치를 정해야 하는 법이다. 어떤 여자가 이런 호소를 했다. "만날 메시지만 보내요", "미치겠어요", "밥만 먹어요", "뭐하자는 건지 모르겠어요." 그런 여자에게 한 남자가 조언이랍시고 이런 말을 하더라. "그게 고백 아니에요? 꼭 말로해야 고백인가요?"

남자의 모호한 행동을 통해 감정을 추측하고 '날 좋아하는 게 분명해'라고 생각하는 것, 그것을 '심증'이라고 한다. 그런데 심증만으로는 부족하다. 추측이나 추리는 매우 피곤한 정신노동이다. 매일 밤 잠들기 전, 프로파일러가 되어서 당신의 심리와 행동의 연관성과 그 의미를 추적하는 노동을 하는 여인은 곧이어 '에라이! 다 때려 쳐!' 하고 소리 지를 것이다. 튼튼하게 박힌 못처럼 빼도 박도 못하게 안정감을 주는 고백이 필요하다. 여자는 관계에서 안정을 원한다. 불분명한 의사표시는 안정감을 저해한다.

'정말 사랑한다'는 표현을 쓰셨다. 그렇다면 대퇴부를 짓누르며 당신을 꼼짝 못하게 했던 두려움을 떨쳐내고, 박차고 일어나 그녀에게로 성큼성큼 걸어가시라. 사랑은 궁극적으로 '아, 어떡하지. 너무 좋아. 그녀는 너무 예뻐'라고 속삭이며 미치도록 콩닥거리는 가슴에 존재하는 것이 아니라 그녀에게로 성큼성큼 걸어가는 용기 속에 얻어지는 것이다. 현존하는 사랑의 실체로 만나기 위해 그녀를 향해 길을 걸어가는 것이다.

거절당할까 봐 두려운 그대를 이해한다. 그나마 밥이라도 먹고, 영화도 볼 수 있는 이런 만남마저 끝장날 수 있다고 생각하면 정신이 혼미해질 것이다. 하지만 주변인으로 있을 때 일어날 수 있는 참사 중 하나는 빠르고 결단력 있게 움직이는 다른 남자가 그녀를 채갈 수 있다는 것이다. 눈앞에서 벌어지는 그 참혹한 광경에 당신의 마음은 천 갈래 만 갈래로 갈라지겠지. 뭐, 협박하는 건 아니고 그럴 수도 있다는 거다. 살다보면 별일이 다 있으니까.

연예인을 짝사랑하는 게
오히려 편합니다

Q 저는 연애를 해본 적이 없어요. 사이가 안 좋은 부모님을 보고 자라서 그런지 골치 아픈 사랑보다는 그저 연예인을 좋아하는 것이 편했어요. 학창시절부터 연예인을 많이 좋아했습니다. 연예인은 헤어질 일도 없고 상처를 주고받을 일도 없잖아요. 사실 저를 좋아한다고 고백하는 사람들은 있는데요, 만나다보면 다 실망스럽고 저는 다시 외로워집니다. 이런 제가 사랑할 수 있을까요?

A 해답은 이미 당신의 마음속에 있다. 연예인을 광적으로 좋아하는 현상을 팬덤 현상이라고 한다. 팬덤Fandom은 일반적인 팬 심리를 넘어 특정 연예인이나 분야를 심각하게 좋아하는 것을 말하는데, 그대는 연예인을 좋아하긴 하지만 일반인보다 편해서 좀 더 좋아하는 것일 뿐, 연예인을 절대화시켜 좋아하는 팬덤 현상에 빠져 있는 사람은 아니라는 생각이 든다.

20년도 더 된 영화인데, 〈마네킹 2〉라는 영화가 있다. 백화점에서 물건을 진열하는 일을 하는 제이슨은 언젠가 진짜 사랑을 만날 기대를 하는 외로운 남자다. 그런데 마네킹을 진열하다가 다이아몬드 목걸이를 한 마네킹에게 이상한 느낌을 받는다. 알고 보니 그것은 천 년전, 왕자를 사랑한 죄로 마법에 걸려 마네킹이 된 아가씨였다. 제이슨은 그녀와 사랑에 빠지지만 마네킹과는 진짜 사랑을 할 수가 없는 상태였다. 그러나 우여곡절 끝에 다른 사람을 마네킹으로 묶어두고 둘은 사람과 사람으로 만나 사랑을 이루었네 하는, 그런 스토리를 지닌 영화다.

그대를 보니, 이 영화가 생각났다. 더 이상은 상처받고 싶지 않아서 마네킹처럼 스스로를 묶어버린 것 같다. 마네킹은 사랑할 수가 없다. 자기를 쇼윈도 안에 가두고 누구도 만질 수 없게 보호할 때, 서로의 체온을 느끼고 교감이 있는 사랑을 경험할 수 없다.

감정도 생명도 없고 표정도 하나뿐인 마네킹에게 사랑은 없다. 이럴 땐 제이슨이 나타나 생명을 불어넣어주고 마법에서 풀어줘야 하는데, 현실은 영화도 동화도 아니니 그런 사람이 나타날 가능성은 희박하다. 제일 빠른 방법은 스스로 마법의 목걸이를 끊어버리고 쇼윈도를 부수고 나오는 것이다.

당신은 혼자가 아니다. 상처받지 않으려고 마네킹이 되어 무표정한 얼굴로 드라마 속 남자주인공이나 감상하며 살지 않아도 된다. 도피하지 않아도 다른 선택을 할 수 있는 기회가 당신에게는 무궁무진하다. 연예인이 결국 당신에게 만족을 주지 못한다는 걸 알고 있을 것이다. 연예인을 통한 사랑의 충족은 당신이 꿈꾸는 사랑과 현실의 괴리감만 키워줄 것이다.

사랑의 환상을 키우는 일을 멈추고 사랑에 실망할 준비를 단단히 해라. 그리고 불가피하게 실망을 안겨줄 수밖에 없는 사랑의 속성을 이해하고 선택할 수 있는 힘을 키우길 바란다.

특별한 사람은 없다. 기대할수록 더 외로워질 것이다. 그게 진실이다. 그대도 나도 그런 사람이다. 그런데 진짜 사랑하는 사람들은 그저 그런 서로를 품어주고 귀하다고 여겨주고 사랑해주면서 살아가는 사람들이다. 상처받지 않으려 아무도 사랑하지 않고 살다보면 사랑에 대한 환상과 기대치만 높아진다. 그러나 현실에서 맞닥뜨리는 사랑의 실체는 환상의 그림자에도 못 미치니 대성통곡할 노릇이다.

사랑에 대한 오해를 풀어라. 사랑은 환상이 아니다. 사랑은 이제부터 당신이 선택하는 모든 순간이 만들어내는 결과이다. "사랑할 수 있을까요?"라고 물으셨다. 사랑하기를 선택하면 당신은 사랑할 수 있다.

또한 그대, 가정의 상처가 있다고 하셨다. 생각해보면 이 땅의 아버지와 어머니들, 참 안쓰럽다. 그들도 남부럽지 않게 살고 싶으셨을 것이다. 알콩달콩, 도란도란, 머리 맞대고 밥 먹는 즐거운 저녁상이 어찌 그립지 않으셨겠는가. 그분들도 부모님께 받은 상처가 있어서, 삶이 너무 고단하여 자신과의 싸움이 너무 벅찬 나머지 그리 되신 것이 아닐까. 언젠가 그대가 부모님을 향해 가지게 될 긍휼한 마음이 이 숙제를 풀어가는 중요한 열쇠가 되지 않을까 싶다. 열쇠는 당신의 마음속에 이미 오래전부터 들어 있었다.

성격이 좀 까탈스러운데, 맞춰줄 남자가 있나요?

Q 저는 좀 까다로운 성격을 가지고 있어요. 그런지 저랑 아주 잘 맞는 사람을 만나서 결혼하고 싶습니다. 그런데 잘 맞는다는 게 생각보다 쉬운 것 같지가 않더라구요. 어른들은 다 맞춰가면서 사는 거라고 하는데, 그러면 좀 답답할 것 같아요. 잘 맞는 사람과 맞추어가는 사람, 어느 쪽이 더 나을까요?

A 그대는 그 사람에게 맞는 사람인가. 생각해보면, 맞는 사람에 대한 기대는 상당히 자기중심적이다. '잘 맞는 사람'을 만나면 좋겠지만, 더 나아가 '서로' 잘 맞는 사람을 만난다면 더할 나위 없이 좋겠지만, 그게 인생과 인격의 가변성 앞에서 얼마만큼 가능한 일인지 모르겠다. '잘 맞는다'라는 결론이 현재라는 시간에 근거한 판단인 만큼 바람 앞에 선 촛불처럼 위태위태하게 느껴진다.

간혹 사람들이 소개팅을 하거나 누군가에게 고백을 받고 이런 말을 한다.

"사람은 좋은 것 같은데, 나랑은 잘 안 맞는 것 같아."

'맞는다'가 성립되는 조건은 무엇일까. 나의 사견으로는 사람들은 취미나 관심사가 비슷하고, 대화가 잘 되고, 상대방의 외모에 매력을 느끼며, 상대방이 가진 분위기가 거부감을 주지 않을 때 잘 맞는다고 하는 것 같다. '잘 맞는다'는 것, 상당히 매력적이지만 어디까지 믿어도 되는 확신과 감정일까.

말 그대로 불타는 사랑을 하고 결혼하는 커플들이 꽤 있다. '찰떡궁합', '천생연분'이라는 수식어를 붙이고 결혼하는 부러운 그들. 그런데 결혼 전엔 찰떡궁합이었던 그들이 결혼 후 1~2년이 지나거나 아이가 태어나면 이런 말들을 하기 시작한다.

"우린 안 맞아. 어떻게 이렇게 안 맞을 수가 있지? 당신, 내가 결혼한 그 사람 맞아? 엉엉엉. 안 맞아도 너무 안 맞아."

천생연분이었던 사랑은 개와 고양이의 애증으로 둔갑한다. 도대체 결혼은 그들에게 무슨 짓을 한 것인가. 무슨 짓을 했기에 웨딩드레스에 턱시도를 입고 입이 찢어져라 웃어대던 그들을 이 지경으로 만든 것인가.

결혼은 그저 그들에게 흐르는 시간을 주었고, 더 깊은 자아에 도달하도록 서로를 인도했을 뿐이다. 이것이 결혼생활이고, 그것을 충실하게 수행한 것이다. 결혼은 로맨스를 창밖으로 던져버리고, 부부가 있는 그대로의 모습으로 서로를 대면할 수밖에 없도록 만든다. 이것이 결혼이 그들에게 한 일이다. 결혼에게 당하지 않은 부부는 없다. 나는 속상해하고 답답해하는 부부에게 말한다.

"당연하지. 그걸 몰랐어? 인간은 원래 그렇게 안 맞도록 만들어졌어. 그게 정상이야."

로맨스는 끝나고 결혼생활이 시작된다. 생활이다. 인간의 죄성, 습관, 버릇, 바뀌지 않는 각자의 고질적인 성격이 곳곳에서 부지불식간에 드러나 서로를 경악하게 한다. '으아, 이 여자 뭐야 정말', '이 남자 왜 이래 진짜 짜증나게'라고 생각하며, 치약을 짜는 습관 하나 때문에도 목이 터져라 싸우고 사기 결혼을 운운한다. 밥 먹고 뒷정리하는 방식 때문에 가정교육 얘기가 나오고 어린 시절 상처를 건드려 3일 동안 말도 하지 않는다. 서로의 쉬는 방식 때문에 싸우다 간만의 휴일을 날려보내고, 날아간 휴일 때문에 짜증나서 또 싸운다.

이 치열한 전쟁터에서 로맨스가 설 자리는 없다. 이때 '맞는 것'이 사랑의 기준이었던 사람들은 큰 절망감을 느낀다.

우리는 사랑에 빠졌을 때 잘 맞는다고 느끼지만, 진짜 내면세계가 드러나는 너와 나의 결혼생활에서 나와 잘 맞는 사람은 이 세상에 단 한 명도 없다. 이것은 그릇된 기대이다. 그러니 맞는 사람을 찾아 헤매지 말고, 맞출 수 있는 인격과 의지가 있는 사람을 찾기를 권유하고 싶다.

"자기야, 우린 정말 잘 맞아. 맞아도 어떻게 이렇게 잘 맞지? 결혼하면 엄청 행복할 거야."

위험한 생각이다.

"자기야, 우리가 지금은 사랑에 빠져서 잘 맞는 것 같지만, 결혼한다면 우린 예상치 못한 부분에서 많이 다를 거야. 하지만 다르다는 게 틀렸다는 뜻은 아니니까 노력하며 살자."

안전한 생각이다.

결혼생활이란 전혀 예상치 못했던 상대의 진짜 자아를 만나는 여정이고 만나본 적 없는 진짜 나를 만나는 시간이다. 결혼생활은 끊임없이 서로 조율하고 맞추고 이해하려고 애써야 유지된다. 때론 변화를 포기하는 지혜도 있어야 한다. 결혼생활에 용납과 노력이 빠지는 순간 무섭게 균열이 시작된다. 그렇기 때문에 결혼생활에서는 '잘 맞지 않는 서로'를 인내하고 포용하는 노력이 필요하다. 결혼생활에서는 이 노력을 '사랑'이라고 부른다. 이 세상에 나와 '맞는 사람'은 없다. '인간은 다르고, 다른 것을 맞추어가는 것'이 사랑이다. 그런 의미에서 서로 다른 것을 인정하고, 맞추어갈 수 있는 의지와 인격이 있는 사람만큼 좋은 배우자 조건이 있을까 싶다.

이제부터
당신이 선택하는
모든 순간이 만들어내는 결과,
"사랑"

그에게 자꾸 끌리는데,
두려워요

Q 저는 좀 둔한 데다 고지식합니다. 그리고 연애경험이 없습니다. 얼마 전에 한 남자가 매일 연락을 하며 적극적으로 다가왔습니다. 저는 계속 거절하기 그래서 만나긴 했는데, 사귀는 건 부담스럽다고 입장을 밝혔습니다. 그랬더니 친구로 지내자 하더군요. 그런데 문제는 가벼운 스킨십을 아무렇지 않게 하는 겁니다. 그러면서 '나랑 사귀면 좋을텐데…'라는 말도 합니다. 친구로 지내기로 했는데, 자꾸 마음이 끌립니다. 그러면서도 두렵습니다.

A 그대, 정말 둔하고 고지식하기만 한가? 대부분의 사람들은 자기만의 '정서적 이름'을 가지고 산다. 내가 선교단체에 있을 때 자신의 정서적인 이름을 붙여서 말하는 시간이 있었다. 저마다 자신의 정서나 주된 심경을 표현하는 이름을 붙였는데, 내 이름은 '외로움'이었다. 어머니는 내가 아주 어릴 때부터 일을 하셨고, 아버지는 같이 살지 않았기 때문에 늘 혼자였다. 대부분의 시간을 혼자 책을 읽거나 인형놀이로 보냈고, 웬만하면 밖에 나가 뛰어노는 것은 하지 않는 외로운 집순이였다. 그래서 나의 정서적인 이름은 '외로움'이었다.

나는 성장을 위해서 근본적인 외로움을 버리고 사람들과 '함께하기'를 선택해야 했고 '나에게서 나오기'를 노력해야 했다. 외로움의 유익도 있지만 정서의 이름 자체가 외로움이 된다는 것은 외부 세계와 담을 쌓고 살아가는 것을 뜻하기 때문에 그 담을 부수는 과정이 필요했다. 모든 사람들은 본인들이 인지하고 있지 않지만 자신에 관한 정서적인 이름을 마음에 가지고 살아간다. 그리고 정서의 이름은 많은 순간에 영향을 미친다. 누군가를 사랑하게 되는 순간에도 말이다.

그대의 정서적인 이름은, 그대가 아는 것과는 달리 고지식이 아닌지도 모르겠다. '고지식하다'의 사전적인 의미는 '성질이 곧아 융통성이 없다'이다. 외로움처럼 마냥 좋은 뜻은 아닌 것이다.

당신이 가진 정서적인 이름의 한계가 당신이 겪고 있는 여러 관계의 경계를 규정하고 지배한다. 고지식함은 상대에게 '넘어오지 마. 내 땅이야'라는 분위기를 풀풀 풍기는 정서이다. 고지식함보다는 유연성이 사랑을 부른다.

만일 사랑에 키가 있다면 아마도 아주 작은 키를 가졌을 것 같다. 높이 있는 마음의 문에는 잘 들어가지 못하고 낮게 달려 있는 마음의 문에는 잘 들어가니까 말이다. 사랑은 낮은 마음으로 말하고 생각하기에 아름다운 것이다.

또 거기다가 둔하기까지 하다고 스스로 평가하셨다. 옛말에 여우하고는 살아도 곰하고는 못 산다는 말이 있는데, 고지식한데 둔하기까지 하다는 것은 사면초가다.

하지만 과연 이것이 당신에 관한 진실일까. 이것이 당신의 속살일까. 스스로 자아에 대해 너무 부정적인 측면만을 부각해서 생각하고 있는 것 같다. 이렇게 자신을 부정적으로만 몰면 연애를 해도 어렵다. 상대가 조금 섭섭하게 하면 이런 소리가 내면에 울려 퍼질 것이다. '내가 둔하니까, 내가 답답해서 저러는 거겠지. 내가 고지식하니까, 나한테 이렇게 하는 거겠지.' 정작 상대의 이유는 전혀 다른 것들일 수 있는데 당신 안의 소리가 너무 커 상대가 느끼는 갈등의 핵심요인은 파악하지도 못한 채 자폭하는 연애를 할 수 있다는 말이다.

그대의 건강한 정서적 이름을 찾아라. 소망하는 이름, 부러운 이름이 있을 것이다. 분명 당신은 둔하고 고지식한 여자만은 아닐 것이다. 생각보다 귀엽고 꽤 부드러우며 배려를 잘하는 여성일 수 있다. 그러니 본인에 대한 새로운 시각을 가지기 바란다. 그래야 연애도 상큼하게 시작할 수 있다.

보니까 이 남자, 무례하게 만지는 건 좀 마음에 안 들지만 얼마나 좋으면 그럴까 싶기도 하다. 고지식하고 둔한 여자에게 이렇게 들이대는 남자, 찾기 힘들다. 웬만하면 마음을 열고 연애를 시작해보면 어떨까. 아마 그 남자는 당신이 알지 못하는 당신의 매력을 발견한 사람일지 모르겠다. 좋은 연인의 조건 중 하나는 내가 미처 발견하지 못한 긍정적인 자아를 먼저 발견해주고 알아봐주는 사람이다. 그런 사람과의 연애는 우리를 풍요롭게 한다.

한번 물어보라, 왜 내가 좋냐고, 어떤 면이 좋냐고. 그 남자의 대답이 당신 자신과의 관계를 열어줄 것이다. 괜히 두려워하지 말고 당신의 가치를 재발견해준 이의 손을 잡아라. 그것이야말로 의미 있는 사랑의 여정이다.

분명히 따로 밥 먹자고 했는데…
소식이 없어요

Q 지난 수련회에서 호감 가는 사람이 생겼어요. 수련회에 가니까 다르게 보이는 사람이 있더라구요. 이것저것 잘 챙겨주고 같이 얘기도 많이 하고 좋았어요. 수련회 끝나고 "밥이나 한번 먹자"라는 이야기도 했어요. 그런데 수련회 끝난 지 일주일이 지났는데, 카카오톡 메시지를 주고받긴 했지만 만나서 밥을 먹지는 못했어요. 한여름 밤의 꿈인지, 아니면 정말 시간이 없는 건지 기대하고 기다리는 마음이 초조합니다.

A 그는 당신에게 반하지 않았다. 이런 일은 그냥 심플하게 생각해야 한다. 남자는 마음을 빼앗기면 사정없이 달린다. 적어도 처음에는 달린다. 수련회라는 특수상황은 약간 고립되어 있고 무언가 상대에게 이전에 느끼지 못했던 매력을 느낄 수 있는 기회의 장이다. 호감도가 증가할 확률이 많은 곳이다. '오, 저런 면이 있었네? 자상한 남자였잖아', '차가워 보였는데 꽤 귀여운 여자네' 하며 주변인물의 재발견으로 남심과 여심이 술렁인다.

그런데 내 경험상 수련회에서 제대로 정분이 나면 일주일 동안 맥없이 카톡 메시지나 주고받지 않는다. 수련회 때의 만남은 일종의 판타지이다. 반면 수련회의 끝은 현실의 시작이다. 관계의 진실은 수련회가 끝난 이후 쌓여가는 영수증이 말해준다. 밥 한번 먹자? 너무 빈약하다. 바로 다음날, 아니면 다음다음날이라도 '진짜 밥을 먹어야' 정분이 났구나 할 수 있다.

내가 아는 민정이도 수진이도 남자 친구와 수련회에서 마음이 통한 케이스다. 그들은 어땠을까. 민정이는 수련회 끝난 바로 다음날 함께 밥을 먹었고, 수진이는 3일 후 밥을 먹었다.

괜한 기대감만 키우면서 마음앓이 하지 않으면 좋겠다. 호감이 있었을 거다. 잠시 꽤 괜찮은 여자라 생각했을 거다. 그런데 거기까지인 것이다. 상상도, 필요 이상의 기대도, 이해하려는 노력도 부질없다. 시간이 없는 것이 아니라 그럴 만큼의 마음이 없는 거라 보는 것이 나을 것 같다. '조금 더 지켜봐야 하지 않을까?' 하는 생각이 들 수 있지만 현재로서는 비관적이라 본다. 허망하겠지. 속상하기도 하겠지. 화도 나겠지. '혼자 김칫국 마셨구나' 하며 자존심도 상하겠지. 하지만 이런 미묘한 관계를 잘 헤쳐 나가면서 사랑을 배우는 거다. 남녀 간의 적절한 친밀함의 강도, 지켜줘야 하는 정서의 선, 해도 되는 말, 해서는 안 되는 말, 그런 것들을 알아가는 거다. 결정적인 단서를 포착하지 못했는데 심증만으로 마음을 키워가는 것은 금물이다. 나만 마음 아프다.

그래서 우리는 감정을 아끼고 관리해야 한다. 실제 관계가 시작되지 않았는데 마음을 줘버리면 너무 아프다. 자로 잰 듯 언제나 정확한 치수를 가지고 실행할 수는 없겠지만, 행동으로 책임질 수 있는 만큼만 감정을 풀도록 노력하고 훈련해야 한다.

특수상황에서는 남녀 간에 로맨스가 생길 수 있는 확률이 높다고 한다. 영화에서 보면 절대 타인이었던 남녀가 특수상황을 겪고 연인이 되는 경우가 난무한다. 서로 전혀 모르던 남녀가 갑자기 어떤 사건에 휘말려 함께 누군가에게 쫓긴다. 또는 배에서 처음 만난 남녀가 난파를 당한 뒤, 무인도 바위 위에서 오들오들 떨면서 구명조끼 하나를 사이에 두고 꼭 끌어안고 버틴다. 마지막 장면에서 대부분 그들은 구조되고 키스를 하면서 행복한 미래를 약속한다.

그런데 그게 특수상황에서 친밀감이 높아져서 생기는 일시적인 증상 같은 거란다. 그래서 특수상황에서 생긴 감정이 일상에서 흐지부지되는 것이다. 어학연수에서의 만남, 선교활동에서의 만남, 여행에서의 만남, 수련회에서의 만남 등은 모두 일상의 평정심을 뒤로 하고, 스페셜하게 만나는 기회이다. 그러나 그 감정이 진짜인지 아닌지의

점검은 일상에서 평정심을 찾은 뒤 분별해나가야 하는 것이다.

그러니 너무 속상해 말고 내 감정은 얼마만큼 일상에서 진짜일지 돌아보고, 또 이런 일련의 과정을 거치며 그 남자는 정말 어떤 사람인지 좀 더 객관적으로 관찰해보는 시간을 가져도 좋을 것 같다. 그리고 마음이야 서운하겠지만 남녀 사이가 그렇게 오묘하다가 접힐 수도 있는 거다. 충분히 일어날 수 있는 일이니 오빠를 너무 나쁜 놈으로 생각하지는 말자.

결정적 순간에
발뺌하는 남자

Q 소개팅을 했습니다. 남자가 마음을 확 열고 다가왔어요. 데이트도 열심히 계획해오고 연락도 자주하고 자기의 어린 시절 상처에 대한 이야기도 확 풀어놨습니다. 저에게도 봄날이 온 것 같았어요. 그런데 그 남자가 갑자기 자신의 이런 모습을 보여주는 것이 싫다며, 그만 만나자는 통보를 해왔습니다. 마음을 어떻게 정리해야 할지 몰라 당황스럽습니다. 진심인 줄 알았는데….

A 사춘기 소년을 만났다 치자. 아마 그 남자 진심이었을 것이다. 단지 그 진심을 풀어놓은 다음 밀려오는 감정의 후폭풍을 어찌 감당해야 할지 몰라서 도망간 게 아닐까. 물론 그사이 그 남자의 혼을 쏙 빼놓은 새 여자의 등장 가능성도 배제할 수 없지만, 그래도 그건 아닐거라 믿으며 이야기를 시작하자.

문제는 '확'이라는 단어다. 마음을 '확' 열고 다가오더니 어린 시절 상처에 대한 이야기도 '확' 풀어놨다. 관계의 초반에 이렇게 자기의 감정과 이야기를 '확' 풀어버린 남자들이 '확' 사라지는 경향이 있다. 이런 분들은 그 순간은 진심인데 너무 감정적이라는 점이 안타깝다. 감정과 의지와 생각이 조화를 이루어 굴러가야 성인인데, 아이처럼 그게 잘 안 된다. 감정 조절이 안 되고 감정이 풀린 만큼 관계를 진전할 의지나 힘이 부족한 것이다.

이 남자, 소년 같다. 한참 사춘기를 지내는 소년이 어느 날 밤, 진짜 편한 친구일 뿐인 같은 반 여자애와 길게 통화를 하게 된다. 그런데 그날 이상하리만큼 마음이 잘 통하고 이야기가 잘 되는 것이다. 마음이 너무 편했다. 감정이 '확' 풀렸다. 그놈의 '확'. 그래서 통화 끝에 "우리 사귈래?"라고 '확' 말해버린다. 감성이 제대로 돋았다. 그런데 다음 날 정신을 차리고 학교에 가서 보니, 이건 아닌 거지. 내가 미친 거지. 우린 친구여야만 하는 거지. 여자는 될 수 없는 거지. 어제와는 다른 뉘앙스로 자기에게 부끄러운 미소를 보내는 소녀에게 '아니야, 그게 아니라구! 내가 미쳤던 거라구!'라고 차마 내뱉지 못하는 진실을 가슴에 담고 죽도록 후회 또 후회하는 소년…. 이 남자, 그런 소년같이 느껴진다.

그대여, 아무리 말이 달콤하더라도 관망해야 한다. 행동으로 그의 말을 확증하기까지 바운더리 안에 있어야 한다. 아무리 그 남자가 쏟아내는 감정이 뜨겁다 해도 시간이 필요하다. 이런 경우 시간은 점점 우리를 진실로 인도한다. 남자의 진심은 말이 아니라 행동으로 드러난다.

오랫동안 사람을 기다렸을 때, 소개팅 한 뒤에 너무 빨리 마음을 주고 나서 후회하는 경우가 많은데, 기다려온 시간이 아까운 만큼 감정을 아껴야 헛발을 안 딛는다. 특히 서른 중반 즈음에 간만에 한 소개팅에서 헛발을 디뎌 떨어지면 웬만한 약으로도 낫기 힘들다.

위험한 곳, 예를 들어 지뢰가 있거나, 사람을 무는 개가 있는 집, 물살이 빠른 계곡 같은 곳에는 '들어가지 마시오. 물려도 개 주인에겐 책임이 없음'이라는 표지판이 붙어 있거나 바리케이드가 쳐 있다. 바리케이드나 경고 문구를 무시하면 화창한 날 미친 개한테 물려 사선을 넘나들거나, 있으나 마나 한 튜브를 끼고 하염없이 계곡물에 휩쓸릴지도 모른다.

남녀 관계에도 바운더리가 있다. 말과 행동과 감정이 일치하는 곳이 안전한 곳이다. 사랑엔 모험이 필요하다. 그러나 그건 서로 사랑할 때 시작되어야 멋이 있는 법이다. 이렇게 감정, 의지, 행동이 뒤죽박죽되어 있을 때는 죽도 밥도 아닌 것이다. 소개팅은 진심으로 해야 하지만 또 그 소개팅이 어떤 결과를 가져 올지 알 수 있을 때까지는 시간과 만남이 필요하다. 그 기간 동안에 서로에게 책임 있는 언행을 하는 것이 중요하며, 스스로도 감정을 잘 지켜야 하는 것이다.

이 남자, 약한 남자이지 나쁜 남자는 아닌 것 같다. 빠른 속도로 가면을 벗은 만큼 감당할 수 없이 드러난 본인의 실체가 스스로 수치스러웠을 것이다. 그게 감당이 안 되어 떠난 안쓰러운 남자라 정리해두자. 만난 지 얼마 안 되어 그는 어린 시절의 상처를 풀어놨다고 했다. 어린 시절에 아픔이 많을수록 극복이 그리 쉬운 것이 아니다. 그러니 너무 속상해하지는 말자. 그는 진심이었을 것이다. 단지 성장통을 겪는 중이었을지 모른다.

자라 보고 놀란 가슴 솥뚜껑 보고 놀란다고, 이번 사건으로 인해 앞으로 만날 남자들이 의심스럽고 미덥지 못할 수 있겠으나, 사람은 다 다르다. 한 번도 상처받지 않은 사람처럼 사랑하시면 좋겠다.

남자들은 여자의 마음이 어렵다지만, 상처받은 남자의 마음만큼 행방이 묘연한 것도 없다.

진짜 '제짝'이 있을까요?

Q 배우자는 정말 하나님이 예비하시나요? 아니면 우리의 선택인가요? 결혼할 사람이면 '이 사람이다' 하는 직감이 있다던데, 하나님께서 원하시는 사람인지 어떻게 알 수 있나요? 하나님이 준비하신 최고의 배우자를 만나고 싶어요.

A 당신의 입맛과 하나님의 인도를 달리 보라. 다이어트를 하거나 시험을 볼 때, 우리는 자신의 태도와 책임의 중요성을 알고 있다. 기도만으로 20킬로그램를 감량하거나 토익 만점을 받는 게 불가능하다는 것은 상식이다. 그런데 이상하게도 배우자를 만나는 문제에 있어서는 너무나 단순한 믿음을 가진다. '순전한 믿음'과 '순진한 믿음'은 다른 것이다. 배우자를 만나고 선택하는 중요한 일에 있어서 자신이 짊어질 태도와 책임의 중요성을 모른 채 하나님께 많은 책임을 전가하고 있다. 알라딘의 요술 램프를 문지르듯이 배우자를 기다린다면, 그건 지니가 가진 미신적 힘을 추앙하는 것과 무엇이 다를까.

배우자는 하나님이 인도해주실 것이다. 단 우리와 함께, 우리의 성장을 통해 그 일을 이루기를 원하신다. 짜자잔, 하고 배우자가 나타나는 현실만이 응답과 인도가 아니라 배우자를 만나기 위해 애쓰는 모든 과정을 중시하신다. 언제나 그렇듯 그분의 응답은 우리 입맛이 아닐 뿐이다.

최고의 배우자를 만나고 싶다고 말씀하셨다. 그런데 나는 하나님이 최고의 배우자를 주신다는 말에 약간의 이의를 제기한다. 왜냐하면 우리는 이 '베스트'라는 의미를 '내 기준에 만족하는 배우자'라는 뜻으로 은연 중에 생각하고 있기 때문이다. '베스트'가 겨우 내 기준과 이상형 리스트에 부합하는 사람이라면 너무 자기중심적이지 않은가.

하나님은 그런 종류의 베스트를 주시는 분이 아니라고 생각한다. 결혼이란 부족한 사람들끼리 만나 성장하는 여정이다. 처음부터 샤프하게 날이 잘빠진 독일제 칼로 완성되어 만나지 않는다는 것이다. 날이 빠진 엉성한 두 개의 칼이 만나는 것이다. 그리고 철이 철을 날카롭게 하듯이 서로 부딪치고 아파하면서 성장하는 것이다.

내가 다니던 고등학교 매점에서는 '빠다코코넛'이라는 과자를 팔았다. 수업시간에 몰래 녹여 먹는 빠다코코넛, 얼마나 맛있었는지 모른다. 절대 씹으면 안 된다. 선생님한테 걸리지 않으려면 고도의 기술을 연마해야 한다. 일단 과자를 입에 넣고 집중한다. 정성스레 침으로 녹인다. 얼굴 근육을 움직이면 안 된다. 이런 식으로 성의를 다해 먹으면 수업시간에 3-4개 정도 먹을 수 있었다. 정말 감질났다. 힘겹게 삼키며 결심한다. 집에 가자마자 원 없이 씹어 먹겠어. 그런데 이상도 하지. 집에 가서 먹으면 그 맛이 아니다.

만족은 빠다코코넛의 맛과 성분에 있지 않았다. 나의 상태에 달려 있었다. 얼마만큼의 간절함으로 빠다코코넛 한 조각을 먹는가 하는. 내 마음의 가난한 정도가 한 조각 빠다코코넛의 가치를 결정했다. 수업시간에 몰래 먹는 빠다코고넛은 베스트였지만, 집에서 먹는 빠다코코넛은 베스트가 아니었다.

배우자에 대한 만족도도 이런 것이 아닐까. 상대의 객관적인 조건들이 아니라 우리 마음의 상태가 상대의 등급을 결정한다. 베스트는 당신의 가치관과 태도 속에 존재한다. 나는 배우자를 인도받는 당신의 과정이 베스트가 되기를 바란다.

만일 사랑에 키가 있다면
아주 작은 키를 가졌을 것 같다.
높이 있는 마음의 문에는
잘 들어가지 못하니까.

그 사람이 마음에 드는데,
이상형 리스트와는 맞지 않아요

Q 저는 이상형 리스트를 만들어 오랫동안 기도해왔습니다. 정말
최고의 가정을 꾸리는 것이 저의 꿈입니다. 그리고 이번에 소개팅을
해서 괜찮은 사람을 만났어요. 사람은 좋은데 제가 오랫동안 바라왔
던 사람과는 좀 맞지 않아요. 그런데 만나도 될까요?

A 제발 만나라. 이상형 목록이든 배우자 기도제목이든 맞지 않는 남자라도 제발 만나라. 어떤 내용의 리스트였는지 모르지만 실제 남자 사람을 만났는데 사람이 좋고 괜찮으면 만나라. 제발, 제발, 제발, 부디.

나는 오랜 시간 많은 여성들과 대화를 하면서 그녀들은 모두 누군가를 기다린다는 사실을 알게 됐다. 그런데 그 '누군가'라는 것이 차라리 막연하면 좋으련만 안타깝게도 상당히 구체적이다. 여자들은 배우자를 기다릴 때, 진실로 존재할 가능성이 있는지 알 수 없는, 여러 가지 좋은 조건을 가진 샘플맨들을 가슴에 담고 산다. 그리고 실제 인간이 나타나면 존재하는지조차 불분명한 샘플맨과 비교·대조하다가 조금이라도 아니다 싶은 항목이 나오면 아낌없이 주저 없이 폐기처분한다. 홀로그램과 같은 존재인 샘플맨이 실제 남성에게 펀치를 가한다. 샘플맨이 승리하고 여자는 다시 혼자다.

키 180센티미터에, 스포츠에 능하고, 자상하며, 학력이 좋고, 경제적인 여유가 있으며, 신앙이 좋고, 바람둥이 기질이 없으며, 유머가 있고, 지적이며, 겸손하고, 옷을 잘 입고, 시댁이 먼 남자가 과연 존재할 수 있을까. 그 불가능한 샘플맨을 상상 속에서 그리며 여자들은 생각한다. 어딘가 살고 있을까? 살고 있는데 안타깝게도 아직 인연이 안 닿아 못 만나고 있는 것일까? 운명의 장난이 우리를 못 만나게 하고 있는 것일까? 시간이 언제쯤 그 남자를 나에게 데려다 줄까?

오랜 시간 동안 간절히 기도해왔을 것이다. 이런저런 남자를 만나게 해달라고, 진실한 마음으로 기도해왔을 것이다. 그리고 못 만났을 것이다. 하나님도 주고 싶다. 그런데 없어서 못 준다. 못 주는 것과 안 주는 것은 다르다.

그대가 기도하고 있는 20대의 외모와, 30대의 정서, 40대의 영성과, 50대의 재력을 가진 남자는 없다. 없어서 못 주는 것이다. 당신이 결혼하기 원하는 평균 30대의 남자가 이 모든 것을 소유하기에는 그의 인생이 너무 짧다. 당신이 당신 나이에 이 모든 것을 소유하기가 어렵듯이 남자도 그렇다. 없다. 이런 조합은 없다.

결혼과 배우자에 대한 진정한 소원을 아뢰는 것과 기도제목을 부여잡고 집착하는 것은 다르다. 그러니 괜찮은 이 남자를 제발 만나라. '얼마나 열심히 기도했는가'가 그런 사람을 만날 수 있다는 당위성의 근거가 될 수는 없다. 당신의 열정과 바람의 강도가 정답은 아니라는 것이다.

하나님은 당신에게 필요하고 좋은 사람을 주기 원하신다. 그러니 기도제목에서 벗어났다고 불안해하지 않아도 된다. 이상형 리스트라는 틀 밖에도 좋은 남자는 존재한다. 좋은 남자를 만나는 길이 딱 하나로 정해져 있는 것은 아니다. 하나님은 창의적이시고 당신을 위해 지금도 성실하게 일하신다. 그러니 배우자 기도제목 리스트 밖에서도 하나님은 당신을 인도하실 것이다.

이상형 리스트는 좀 접어두자.

"LOVE"

조금은 까칠한

그 여자에게,

언니의 조언

남자 친구가 저의 외모를
매일같이 지적합니다

Q 우리는 어린 시절부터 같이 자란 사이입니다. 오랜 시간 서로를 알아가다가 연애를 시작했죠. 그래서 다른 연인들보다 평탄하겠시 생각했는데 생각지도 않았던 복병이 있었습니다. 바로 남자 친구의 외모에 대한 집착입니다. 만날 때마다 매니큐어 안 바르냐, 화장이 그게 뭐냐, 옷이 안 어울린다, 피부가 거칠다…. 장난이 아닙니다. 제 얼굴이 연예인처럼 빼어나진 않지만 못생겼다고 생각하진 않거든요. 그런데 남자 친구만 만나면 저는 추녀가 됩니다. 예상치 못했던 이 복병을 참고 넘어갈지 들이받을지 정말 고민입니다.

A 기본적 예의를 지키지 않는 자, 들이받아라. 정말 피곤하겠다. 만약 남자 친구와 결혼해서 신혼생활을 할 때, 햇살 가득한 토요일 아침에 부스스한 머리로 거실을 누볐다간 남편에게 쫓겨날 수도 있겠다. 남자들이 여자의 외모를 중시하고 그것에 민감해하는 것은 사실이다. 그런데 남자들이 외모에 대한 관심을 드러내는 방법은 제각각인 것 같다. 여자 친구 옷이 마음에 안 들 때, 의류 매장으로 직행해 끝내 자신이 원하는 스타일의 옷을 사 입히고야 마는 남자들도 있다. 여자는 선물이라 착각하지만 결국 자기 스타일대로 여자 친구를 세팅하는 돈 많은 연애고수들이다.

웬만한 것은 다 받아주고 예쁘다 해주지만 특정 스타일만은 극구 거부하는 남자들도 있다. 예를 들어 "꼬불꼬불 아줌마 펌은 절대 안돼", "짧은 머리카락은 절대 안 돼" 하는 식이다. 이런 남자들은 패션에 대한 호불호가 굉장히 강한 부류로, 대부분의 패션에 후한 점수를 주는 편이지만 절대 안 되는 그것을 했을 시 불상사를 초래할 수 있다. 어떤 남자는 여자 친구가 머리카락을 짧게 자른 뒤로 전화를 슬슬 피하더란다. 머리카락 길면 다시 만나자는 거겠지.

그냥 생각 없이 말을 보태는 남자들도 있다. 그들은 원래 여자 친구의 패션에 특별히 딴지를 걸지 않다가 우연히 지하철 광고에 나온 낯선 여인네의 웨이브 헤어스타일을 보고 괜히 꽂히는 거다. 그리고 여자 친구를 만나자 마자 "너도 머리 한번 꽈봐" 하며 한말씀 뱉으시는 남자들이다. 나쁜 의도는 없다. 여자 친구에게 불만이 있는 것은 절대 아니다. 그냥 어떤 특정 스타일에 대한 호감을 밝혔을 뿐이다. 그러나 바로 그 한말씀은 비수가 되어 여자의 마음에 꽂히고, 데이트는 여자의 삐침과 짜증과 분노와 우울로 점철된다. 이런 남자들, 착한데 참 센스가 없다.

그 중 가장 짜증나는 건 지금 같은 경우. 사사건건 외모를 지적하며 잔소리하는 남자다. 와, 이럴 땐 진짜 여자가 미친다. 원래 연애 초반이라는 것이 추녀도 공주로 만들어주는 신비한 시기가 아니던가. 지켜보는 사람들이 닭살 돋고, 손발이 오그라들어도 둘은 서로 멋있고 예뻐서 좋아 죽는 것, 그게 연애 초반 연인들의 힘 아니던가 말이다. 하나도 안 잘생겼는데 "우리 오빠 너무 잘생기지 않았니?" 하고 말도 안 되는 질문을 하고, 하나도 안 귀여운데 "영숙이 진짜 귀엽지 않냐?" 물어서 먹던 물도 뿜게 하는 게 연애 초반 남녀의 증상 아닌가 말이다. 그런데 이 남자, 초반부터 연애 참 재미없게 한다.

연애를 할 때 여자는 남자가 자기를 아껴주고 귀하게 여겨주고 예뻐해주는 것을 통해 사랑을 느끼고 안정감을 느낀다. 그린데 이런 식으로 외모를 지적하면 안정감이 없다. 안정감은커녕 거절감을 느낀다. 외모에 대한 지적은 마음이 설 자리를 잃게 한다. 지적하는 건 외모일지라도 다치는 건 마음이다. 여자의 외모를 이렇게 단도직입적으로 지적해선 안 된다.

이 남자, 이런 언행이 얼마나 그대에게서 안정감을 앗아가고 자아존중감을 무너뜨리는지 미처 생각하지 못할 수 있다. 그러니 이 부분을 알려드려라. 동성 친구도 상대가 만날 때마다 외모를 지적하면 기분이 나쁜데, 하물며 연인 관계에서 이건 기본적인 예의를 지키지 않는 건 무례함이다. 그러니 한번 제대로 들이받아라. 마음이 계속 꼬이게 되면 언제고 탈이 나게 되어 있다. 지난 시간의 긴 우정이 이 전쟁의 버팀목이 되어주기를 바란다.

그런데 들이받은 후에도 전혀 개선되지 않는다면 그때부터는 당신의 선택이다. 지적질은 기분 나쁘지만 이것을 덮고도 남을 다른 장점이 많이 있다면, 또 멈추지 않을 지적에도 자아가 손상되지 않을 만큼 건강하다면 선택해도 괜찮을 것이다. 하지만 아마도 이 남자, 바뀌기는 쉽지 않을 것이다. 환갑잔치 때도 한복 고름 삐뚤어졌다고 지적하시는 건 아닌지 조금 걱정된다.

띠동갑 오빠와
연애 중입니다

Q 오빠와 저는 열두 살 차이가 납니다. 나이 차이가 많이 나서 그런지 안정적이기도 하고 의지도 되고 좋습니다. 하지만 저는 결혼을 빨리 해야 하는 것이 조금 부담 됩니다. 오빠의 나이를 생각하면 계속 이렇게 연애만 할 수는 없겠지요. 그래도 저는 준비가 안 되었다고 느껴집니다. 어떻게 해야 하나요? 어린 예비 신부에게 조언 부탁드립니다.

A 나이 들어도 결혼 앞에선 작아진다. 일단 질문의 뉘앙스로 볼 때, 오빠와 결혼하실 생각으로 보인다. 상대가 아무리 좋아도 본인의 나이가 어린 데다 상대와 나이 차이까지 많다면 결혼을 주저하는 것이 요즘 추세인데, 아랑곳하지 않고 늙은 오빠를 남편으로 맞이할 결정을 하시니 아름답다. 지금 나이가 어려서 결혼을 빨리 해야 하는 것이 부담스럽기는 하겠지만 나이가 들어도 결혼이 부담스러운 것은 마찬가지다.

결혼을 갈망했다 해도 막상 결혼이라는 문 앞에 서면 그저 두렵고 부담스러워진다. 그리고 나이가 들면 간접경험으로 결혼의 이모저모를 알게 되고 그렇게 되면 그때는 또 그때대로 부담스러울 만한 이유들이 생긴다. 나이가 들수록 결혼은 점점 동화에서 멀어지는 법이다. 진짜 문제는 아무런 부담 없이 결혼을 막 해버리는 이들이다. 그들은 결혼이 동화인 줄 알았다가 다큐멘터리라는 것을 알고 기겁한다. 그런 불상사가 일어나느니 결혼을 조금은 부담스럽게 생각하는 편이 더 안전하다. 환상이 큰 것보다 적당한 부담감을 가지는 편이 안전하다. "동화인 줄 알았더니 다큐멘터리잖아! 인생이 날 배신했어"라고 읊조리는 것보다는 "다큐멘터리인 줄로만 알았는데 동화 같은 재미도 있구나" 하며 키득거리는 것이 백배 낫다.

어린 나이에 '한창 때'라는 것을 버리고 결혼을 선택하면 아쉬움이 들겠지만, 좋은 시절 이래저래 다 보내고 마흔을 바라보며 결혼을 하고 싶어도 할 수 없는 이 시대 언니들의 마음 아픈 현실을 생각하면 지금의 고민이 훨씬 마음 편할 것이다.

강의할 때 이런 질문을 많이 받는다. "결혼은 언제쯤 하는 게 좋을까요?" "나이가 어릴 때 하는 게 좋을까요, 나이 들어서 하는 게 좋을까요?" 이 질문의 정답은 나이가 어릴 때도 들었을 때도 아니라고 생각한다. 구구절절 사연을 들어보면 어려서 하면 어려서 하는 만큼의 장단점이 있고 나이가 들어서 하면 또 그때대로 장단점이 있었다. 어려서 결혼한 여인들은 젊음의 자유를 포기해야 하고 일의 성취도 더디지만, 일단 육아를 할 땐 기운이 넘쳐난다. 아기 띠 매고 기저귀 가방 들고 지하철 타고 버스 타고 정말 부러울 만큼 잘도 다닌다. 오해일지 모르나 어깨에 달린 아기가 가뿐해 보인다. 마흔 즈음에는 아이들이 어느 정도 컸기 때문에 다시 본인의 인생에 대한 설계와 재도전이 가능하다는 장점이 있다.

나이가 들어서 결혼한 여인들은 사회적인 성취는 비교적 많이 이루었지만, '노산'의 고통을 경험한다. 정말 장난이 아니다. 그래서 할머니의 마음으로 빙목과 방치의 양육을 하는 게 다반사다. 기운이 없는 걸 어떡하나. 이것은 산부인과 병동에서도 확연히 드러난다. 20대 엄마들은 아기 낳은 다음날 쌩쌩하다. 쇼핑을 나가셔도 될 것 같다. 아기도 자주 보러 가고, 여기저기 돌아다닌다. 허나 30대 중반 줄을 넘긴 산모들은 웬만한 체력이 아니고서는 그냥 누워 있거나 천천히 걷는다. 어떤 산모는 마흔에 출산을 하고 원래 체력이 약한 탓도 있겠지만 두 달간은 그냥 누워 있었다. 병든 것이 아니다. 단지 기력이 쇠하여 누워 있을 수밖에 없었다. 나는 서른다섯에 첫 출산을 했는데, 아기가 8개월이 되기까지 아기 띠를 매고 100미터 이상 걷는 게 힘겨운 날이 많았다. 기본적인 체력을 회복하는 데 8개월은 걸린 것 같다. 어느 봄날, 날이 너무 좋아서 아기 띠를 매고 나왔는데 막상 나오니 왜 그리 힘이 드는지, 200미터만 더 걸으면 카페가 있었는데도 도무지 걸을 엄두가 나지 않아 커피 한 잔 못 마시고 그냥 집에 들어온 적이 있다. 내가 무슨 여든 먹은 노인도 아니고, 내 청춘에 무안한 일이었다. 남편이 공수해온 커피만 마시던 시절이었다. 그러니 다 일장일단이 있는 것이다.

결혼 적령기는 나이가 아니라 마음과 정신상태가 결정한다. 나이가 어려도 한 사람을 위해 헌신하고 가정을 소중히 여길 준비가 되어 있다면 그 사람은 기본 자세가 되어 있는 것이다. 마흔 살이라 해도 한 사람을 위해 헌신하기에는 아직도 내 인생이 아깝고 가정이 굴레라고 느껴지면 그 사람은 결혼을 할 기본적인 마음의 준비가 안 되어 있는 것이다.

때로 사람들은 로맨스가 충만하면 결혼으로 직진한다. 당신이 없으면 안 될 것 같아서, 죽도록 사랑하니까 결혼을 하려고 한다. 불타는 로맨스는 결혼의 동기이자 결혼까지 남녀를 끌어가는 에너지가 되겠지만 로맨스만으로는 결혼할 수 없다. 로맨스 그 이상의 헌신과 책임과 각오와 준비가 필수이다. 그러니 이 부분을 진지하게 생각해본 적이 있다면 스스로 나이 때문에 결혼에 부적합하다고 얽매이지는 않아도 될 것 같다.

그리고 살다보면 어느 시점에 내가 아줌마 소리를 들을 때 오빠는 할아버지 소리를 들을 수도 있고, 오빠의 비주얼에 따라 자식을 손주로 오해받는 일이 생길 수도 있다. 그대 나이 서른아홉이면 오빠 나이 쉰하나이니 충분히 일어날 수 있는 일이다. 행여 자녀를 낳아 아이와 함께 소아과를 찾았는데 센스 없는 간호사가 그대의 오빠를 보며 "에구, 오늘은 할아버지랑 왔구나"라고 한마디 툭 던질 수도 있다. 그대의 늙은 오빠가 어떤 충격을 받고 있는지는 상상조차 못하고 말이다.

그냥 뭐, 이런 일이 생길 수도 있다는 거다. 한 번쯤 생각해두면 막상 이런 일을 당했을 때 덜 당혹스러우니까. 방심했던 늙은 오빠는 그날부터 헬스장 등록하시고 때때옷 입으시겠지. 안정감을 느껴서 좋았는데 살다보니 나이 값을 못한다는 생각이 들 수도 있고, 해를 거듭할수록 벌어지는 세대 차이에 대화가 턱 막혀 가슴 치는 날이 어디 하루이틀일까. 하지만 그때마다 생각해주면 좋겠다. 오빠의 나이가 많아서 힘든 게 아니고 결혼이 힘든 거라고. 다른 남자하고 살았다면 또 다른 부분에서 힘들었을 거라고 말이다.

요즘, 사람은 좋은데 돈 없고 머리털이 없고 나이가 많아 도무지 그 사람을 선택하지 못하겠다고 고민하는 여인들을 많이 만난다. 오랜만에, 나이는 많지만 사람이 좋아서 그 사람을 선택하려 한다는 여인을 만나니 괜히 응원하고 싶어진다.

결혼적령기는 나이가 아니라
마음과 정신상태가 결정한다.

둘 중에 누굴 골라야 할지
고민입니다

Q 처음으로 연애라는 것을 했습니다. 그런데 사귀는 내내 도무지 마음이 열리지 않아 결국 서로 상처만 주다가 헤어졌습니다. 헤어진 지 한 달 후쯤 제가 오빠를 많이 좋아한다는 것을 깨닫고 다시 연락을 했습니다. 국가고시 준비 중인 오빠는 시험이 끝나면 이야기하자더군요. 그런데 그사이 소개팅이 들어왔어요. 얼마 전에 통화를 했는데 그 남자와 대화가 아주 잘 통했어요. 그렇지만 학벌이나 집안은 별로였어요. 두 명 중 누구를 만날지 마음의 갈피를 잡지 못하겠어요. 사귀던 오빠가 제 마음을 다시 받아줄지도 미지수지만, 이런 상태에서 소개팅남을 받아들이는 것도 아닌 것 같은데… 어찌해야 할까요?

A 두 명 이상 두고 하는 계산은 미궁 그 자체다. 교만해서 좋은 사람을 놓치게 되지 않을까 염려하는 마음이 있어 그나마 다행이다. 그렇다, 이런 고민의 핵심은 교만한 마음이다. 마음이 높으면 사람도 답도 보이지 않는다. 겸손한 눈과 마음이 나를 좋은 사람에게로 데려다준다.

결혼 전까지 배우자를 선택하는 과정에서는 이기적이어야 한다. 똑똑하게 계산해야 한다. 오해가 있을까 짚고 넘어가자면, 계산을 하라는 의미는 상대가 얼마나 경제적인 능력이 있는지와 같은 조건을 계산하라는 뜻이 아니다. 상대가 인생이라는 것을 걸고 선택할 만큼 나에게 가치 있는 존재인가를 계산하라는 것이다. 결혼 후에는 피차간에 상상 그 이상의 희생과 헌신을 제공해야 한다. 연애를 하면서 이 사람과 결혼해 내 존재를 올인해도 정녕 아깝지 않을 것인가, 계산이 필요하다. 물론 그 계산에는 '사랑'이라는 신비한 에너지가 상당한 영향을 미친다.

그리고 계산이 끝나고 결혼을 선택했다면 그때부터는 더 이상의 계산은 없다. 계산 금지다. 결혼을 한 뒤에는 더 이상 뒤돌아보지 않고, 그저 사랑하는 것이다. 사랑만을 하는 것이다. 상대가 변변치 않다는 것을 비로소 알게 되었더라도 떠밀려 한 결혼도 아니잖은가. 도끼로 내 발등을 찍었다고 생각하며 사랑하는 것이다. 때로 억울함과 후회의 터널을 지나기도 하겠지만 결국엔 선택한 사랑의 길을 계속 걸어가야 한다.

사람들은 누군가가 생기면 본능적으로 무의식적으로 계산을 하게 되는 것 같다. 그런데 두 명을 가지고 동시에 계산을 할라치면 머리가 터진다. 십중팔구 두 명 이상을 놓고 하는 계산은 계속하여 미궁으로 빠져들기 마련. 머리에 쥐만 날 뿐 답을 못 찾는다. 욕심과 교만이 지혜를 사로잡고 사건은 도무지 실마리를 찾지 못한다. 이런 종류의 저울질은 멈추어야 한다.

누구나 싱글일 때 저울질이라는 것을 한다. A, B, C 세 명 중 누가 더 나을까. A가 가지고 있는 것은 B가 안 가지고 있고, B가 안 가지고 있는 것은 C가 가지고 있고, C가 안 가지고 있는 것은 A가 가지고 있다. A, B, C의 마음에 드는 점만 가진 'ABC'라는 새로운 조합이 있으면 좋겠지만 인생이 그렇게 호락호락하던가. 결국 인생 최대의 통박을 굴리며 고민한다. 이런 저울질은 자연스럽고 당연한 것이다. 그런데 이게 혼자 머릿속으로만 계산할 때는 전혀 문제가 되지 않는데, 계산이 끝나기 전 어설프게 행동으로 저울질이 드러나면 이런 상황이 되는 것이다.

이런 상황에서 기억했으면 하는 단어가 있다. '가치'라는 단어이다. 어떤 가치를 추구해야 할까! 연애에 있어서 로맨스만큼 중요한 가치는 '의로움'이라고 생각한다. 무슨 말이냐면 사귀다 헤어진 오빠와 다시 만나서 이야기하기로 했다. 그건 약속이다. 만남이 끝났고 문이 닫혔는데 다시 좋아한다는 것을 깨닫고 오빠에게 '그대가' 연락을 했다. 그리고 오빠는 그 연락에 문을 반쯤 열어주었다. 물론 결과는 미지수다. 지금 상황은 결과가 중요한 것이 아니라, 다시 관계의 문이 반쯤 열린 상태가 현재 스코어라는 것이 중요하다. 결과는 어찌 될지 모르지만 '반쯤 열린 문의 약속' 그 상태에 집중하는 것이 옳다. 시시때때로 흔들리는 로맨스의 감성 위에 우리의 의로운 성품이 덧입혀져야 한다.

그러니까 왜, 그대는, 중간에, 소개팅을, 했나, 이 말이다. 거기서부터 그대는 좀 별로다. 진짜 헤어진 오빠를 좋아한다는 것을 깨달았다면, 정말 돌아가기를 원한다면, 마음을 좀 더 비워야 하는 것이 아닐까. 오빠를 좋아해서 돌아가고 싶은 그 마음은 얼마만큼의 진심인가. 이런 경우 돌아간다는 것은 "계산은 끝났고 당신에게 올인할 겁니다"라는 말이 전제가 되어야 한다. 안 그러면 상대를 두 번 죽이는 꼴이 된다. 어설픈 감성에 휘말려 상대에게 치명타를 날려선 안 된다. 괜한 트라우마 선사하고 뒤로 빠지는 어이없는 옛 애인. 그런 당신의 모습은 옳지 않다.

그리고 소개팅남에 대한 이야기를 잠깐 하자. 말은 잘 통했는데 학벌과 집안이 문제라…. 그렇게 생각하는 당신이 더 문제다. 누구나 학벌과 집안과 상관없이 그 사람의 고유한 가치가 있다. 사람을 볼 때 그걸 보는 눈이 없다면 좋은 사람을 선택할 수 있는 확률은 얼마나 될까.

두 명 중에 누구에게로 갈피를 잡아야 할지는 본인의 자유다. 소개팅남을 접는다면 무언가 좋은 기회를 놓친 안타까운 마음은 있겠지만 약속을 지키는 가치 있는 삶은 당신 것이 된다. 결국에 헤어진 오빠가 당신과의 만남을 원치 않는다 하더라도 의로운 것을 추구한 선택이 본인의 인생에서 결코 부끄러운 추억이 되지는 않을 것이다. 반대로 얼굴에 철판 깔고 헤어진 오빠에게 미안하지만 다시 모든 걸 없었던 일로 하자고 말한 뒤 소개팅남을 선택한다면 새로운 사랑의 모험을 시작하게 될 것이고 끊임없이 당신의 마음에서 올라오는 스펙과 집안에 대한 불만족과 씨름해야 할지 모른다.

어떤 선택이든 본인이 하고 그 결과 역시 본인이 감당하는 것이다. 단, 저울질이 끝나기 전, 자꾸 행동이 앞서면 당신의 진정성은 점점 의심받게 된다. 희한하게도 저울질 당하는 사람은 묘하게 그 낌새를 알아채는데, 그게 느껴지면 기분 좋을 사람이 누가 있겠는가.

억울함과 후회의 터널을 지나기도 하지만
결국엔 선택한 사랑의 길을
계속 걸어가야 한다.

남자 친구가 나 몰래
선 보고 결혼한대요

Q 제 남자 친구는 잘생겼고 인기가 많습니다. 그러다 보니 주위에 여자들이 끊이지 않고 남자 친구를 가만히 두지 않아요. 그래서 저는 스트레스를 많이 받고 있었어요. 그런데 시간이 지날수록 이 남자가 점점 거짓말을 하는 겁니다. 물론 제가 스트레스를 받을까 봐 선의의 거짓말을 하는 것도 있지만, 저의 신뢰는 무너지기 시작했습니다. 그러던 어느 날, 나 몰래 선을 보고 와선 그 여자랑 결혼 약속을 했습니다. 너무 허망합니다. 이렇게 헤어지는 게 맞나요? 자존심과 자존감이 완전히 바닥입니다. 마음을 어떻게 정리해야 하나요?

A 이 세상에는 잘생긴 남자와 아름다운 남자가 있다. 와, 이야기의 빠른 전개와 반전에 깜짝 놀랐다. 거짓말하는 남자 친구에 대한 고민인 줄 알았는데, 배신하고 떠난 옛 남친에 대한 회한이었다니. 일단 진짜 애인은 맞았던 것인지 확인하고 싶은데 너무 잔인한가. 간혹 이런 경우 한쪽은 애인이라 생각하고 한쪽은 그냥 친한 사이라고 엇갈린 자백을 하는 경우가 더러 있어서 하는 말이다.

어쨌든 진짜 애인이었다는 전제 하에 이야기를 시작해보자. 잘생긴 건 죄가 아닌데, 거짓말을 한 것에서부터 일이 꼬이기 시작했다. 그리고 급기야 다른 여자를 만나 선을 보더니 결혼을 하신단다. 그대의 고민만 봤을 때는 당신과의 관계에서 '정리'라는 단계를 밟지 않았던 것으로 보인다.

옛말에 여자가 한을 품으면 꽃피는 5월에, 제법 더워지는 6월에도 서리가 내린다 했거늘 남자들은 참 용감하기도 하다. 내가 아는 어떤 결혼식에서 신부입장을 하는데 신부가 두 명 입장한 경우가 있었다. 한 명은 진짜 신부가 될 여인이고, 다른 한 명은 신랑의 옛 애인으로 추정되는 여인이었다. 용감한 신부2는 배신한 애인의 결혼식 날 곱게 화장을 하고 순백의 드레스를 입고 살포시 신부입장을 하면서 결혼식을 아작 냈다. 남성분들, 여자 함부로 건드리면 안 된다. 마음이야 이 여자처럼 복수라도 해주고 싶겠지만 자고로 복수란, 그 자신도 무덤에 함께 들어갈 준비가 되어 있을 때 하는 것이다.

편하게 생각하자. 거짓말도 하고 여자도 몰래 만나고 급기야 애인도 막 바꾸고 옛 여자를 정리도 안 하고 결혼하는 이 남자, 어디다 쓰

나. 이런 남자를 인생에서 빗겨간 것이 천운이다.

하지만 정리는 제대로 해야 한다. 만나라. 그리고 제대로 된 이별 절차를 밟고 사과를 받아라. 그런 과정이 잃어버린 자아존중감을 찾는 데 도움이 될 것이다. 만남을 피하거든 아까 말했던 신부2의 이야기를 차분히 들려주어라. 그럼 바로 튀어나오실 것이다. 그리고 그가 당신에게 힘들었던 점, 그런 선택을 할 수밖에 없었던 이유도 들어보고 당신의 분노도 전달해라. 그리고 끝까지 먼저 미안하다고 말하지 않으면 꼭 "미안하다"라고 사과하라고 부탁해라. 그리고 당신이 사과할 일이 있거든 당신도 사과하라.

그러고 나서는 이제 당신의 몫이다. 관계란 언제나 상대적인 것이다. 남자가 그런 식으로 배신한 것은 분명 잘못이다. 하지만 둘 사이의 신뢰와 친밀함이 그토록 느슨할 수밖에 없었던 이유가 존재할 것이다. 그 이유가 뭔지는 나는 모르지만 당사자들은 알 수 있다. 그러니 끝까지 죽일 놈, 죽일 년은 없는 것이다. 미안하다는 말을 들었으면 하는 수 있나, 털고 용서하는 수밖에.

이런 상처는 내면에 타박상을 입힌다. 20대 초반 시절에 나도 한 남성에게 상처되는 말을 참 많이 들었다. "너는 너무 뚱뚱해", "정상이 아니야", "여자는 분위기가 중요한 거야." 그 말들이 내 자존감에 얼마나 큰 타격을 줬는지 모른다. 그 상처는 정말 깊었다. 하지만 돌이켜보면, 그때 그 녀석에게 왜 이렇게 쏘아붙이지 못했을까 후회된다. "상대의 기분도 고려하지 않고 그런 말을 내뱉는 너는 정상이니?" 이제 또 다시 누군가 나의 자아존중감에 상해를 가하는 언행을 한다면 바보같이 당하고 뒤에서 혼자 울지 않을 것이다. 면전에서 바로 발톱을 드러내고 같이 으르렁대줄 것이다. 내가 나를 존중할 때 다른 사람도 나를 존중해준다. 그 남자가 당신을 존중해주지 않았어도 당신은 끝까지 당신을 존중해야 한다.

이 세상에는 잘생긴 남자와 아름다운 남자가 있다. 남자 인물 뜯어먹고 사는 거 아니라 했다. 다음번에는 잘생긴 인기남 만나 전전긍긍하기보다 외모는 소박하더라도 마음 편한 사람 만나 오고가는 눈빛 속에 사랑과 믿음이 싹트는 그런 예쁜 사랑을 하시면 좋겠다.

제 남자 친구는 욕 좀 합니다

Q 일 년 넘게 만나고 있는 사람이 있어요. 다 좋은데요, 용납이 되지 않는 한 가지 행동 때문에 이 사람과의 결혼이 고민됩니다. 말에 욕을 좀 섞어서 하는데요. 그게 정말 용납이 안 됩니다. 오빠가 이 한 가지만 고치면 정말 좋겠습니다.

A 어떤 욕을 쓰냐에 따라 개선 가능하다. 욕은 크게 세 종류가 있다고 생각한다. 하나는 상대의 인격에 대고 하는 욕이다. 자신의 분노와 불편한 감정을 표출하는 과정에서 상대의 면전과 마음에 욕을 하는 경우다. "야, 이 씨발년아. 자꾸 전화 안 받을래?"처럼 욕을 듣는 주체가 분명한 '너'일 때 분명 이런 언사는 저지당해야 한다.

언젠가 지하철에서 욕쟁이 노부부를 본 적이 있다. 일흔 살은 넘어보이는 노부부였다. 지하철 문이 열렸는데 할머니가 좀 굼뜨셨다. 우리네 할머니들이 많이 그러시듯 무릎 관절이 불편해 보였다. 그랬더니 할아버지가 "씨발년아, 빨리 내려. 그럴 거면 집에 있지 왜 따라 나와"라고 호통을 쳤고, 할머니는 "그럼 씨발년이랑 사는 너는 씨발놈이냐?" 하며 강력한 대응을 하셨다. 그랬더니 할아버지 왈 "뭐? 서방한테 씨발놈이라고?" 역시 지지 않는 할머니 왈 "그래, 이 씨발놈아!" "아니, 이 씨발년이….."

두 분의 씨발년놈 대화는 내가 본 중 최고였다. 평생을 저러고 사셨단 말인가. 함께 걸어온 인생길이 굽이굽이 50년은 되셨을 텐데 "임자, 무릎이 아파서 빨리 내릴 수 있겠어?" 따뜻한 말 한마디 못 듣는 할머니도 불쌍하고 "내 걱정 말고 당신이나 안 넘어지게 조심하시구랴" 하는 다정한 걱정도 못 듣는 할아버지도 불쌍했다. 이런 경우 욕은 폭력이 된다. 언어폭력은 실제 물리적 폭력처럼 한 사람을 산송장으로 만들 수 있는 무기이기 때문에 이런 욕은 인간의 대화에서 사라져야 한다.

반면에 감탄사로 쓰이는 욕도 있다. 햇빛이 작열하던 7월 어느 여름

날, 일산 호수공원에서 데이트를 하는 남녀 사이에 오갈 수 있는 대화 속에 나오는 욕 말이다. "아, 씨발. 오늘 존나 덥네. 자기야, 뭐 시원한 것 먹으러 갈까? 우리 예쁜 자기 얼굴 다 타겠네. 씨발, 햇님 새끼, 존나 쎄." 뭐 이런 거. 이런 경우 욕이 듣기 좋지는 않지만 첫 번째 경우의 욕과는 다른 차원의 욕이 된다. 어떤 불의한 상황을 보고 내뱉는 감탄사, 혼잣말 같은 욕은 아름답진 않지만 상대에게 쏘아대는 욕하고는 다르다.

그리고 마지막, 방언에 따라 욕같지만 사실 욕이 아닌 경우가 있다. 전라도에서는 욕을 잘 쓴다. 그곳에서 '썩을년' 정도는 욕이 아니다. 서울의 '기지배' 정도의 어감이다. 전라도가 고향인 어느 여성이 이런 이야기를 들려주었다. 명절에 집에 가서 아버지와 대화를 나누었단다. 참고로 이 부녀는 사이가 무척 좋으며, 이 여성은 서울에 있다 집에 가니 정말 전라도 욕이 너무 걸쭉하게 들리더라는 요지에서 말한 것이니 오해하지 말기를 부탁한다.

"아빠, 나 결혼하지 말고 그냥 살까 봐."
"뭐? 이 썩을년, 눈알을 파 빌라."
"아부지, 또 왜 눈알을 판단강."
"궁게 이년아, 시집을 가야지."

이 대화에서는 썩을년도 눈알을 파는 것도 진정한 의미에서 욕은 아니다. 아버지의 답답한 마음을 담은 극적 표현이다. 이런 경우 욕은 첫 번째 케이스와는 또 다른 경우가 된다. 방언의 범주 안에 있는 욕의 어감과 의미는 서울 중심의 표준어로만 기준을 삼아 평가할 수 없는 정서이고 문화이다.

남자 친구가 어느 종류의 욕을 얼마만큼 하시는지 모르겠다. 나는 개인적으로 욕은 좀 걸쭉하게 하더라도 이 세상을 좀 더 살 만한 세상으로 바꾸기 위해 노력하는 이들이, 고상한 말만 하면서 이기적으로 사는 이들보다는 백 배, 천 배, 만 배 낫다고 생각한다. 입으로 내뱉는 욕의 더러움보다 더 더러운 탐욕을 마음에 담고도 고상한 언어만 골라 사용할 수 있는 거니까. 물론 욕도 안 하면서 좋은 세상을 만들기 위해 애쓰는 분들을 보면 정말 존경하고, 이 사회에 그런 분들이 있는 것에 감사하지만 말이다.

하지만 어쨌건 욕이라는 게 듣는 이들에게 거슬릴 때 상대는 조심해야 하고 또 연인 관계에서 불편한 이유가 된다면 분명하고 정중히 상대편에게 말해보면 좋겠다. 다른 건 다 좋다고 하셨으니 오빠를 개선해주실 수 있다 생각한다.

편의점 앞에서 삼삼오오 모여 있는 중고등학생들의 대화를 들어보면 욕이 90프로이다. 접미사, 주어, 접속사, 감탄사가 대부분 다 욕으로 구성되어 있다. 오빠가 이런 경우가 아니라면, 또 욕쟁이 노부부 케이스가 아니라면 협상하면 어떨까. 어떤 종류의 욕인지는 모르겠으나 감탄사류의 욕이라면 말이다. 오빠 흠이 그거 하나뿐이라 하시니 그렇다면 놓치기는 좀 아깝다는 생각이 든다. 일단 협상 카드를 내밀고 향후 언사를 지켜본 뒤에 놓쳐도 늦지 않을 것 같다.

아! 그리고 엄마들이 하는 말이 있다. 남편들이 운전할 때, 축구 보다가 욕들 좀 하셨는데, 아기 낳고 싹들 고치신단다. 남자가 망나니가 아닌 이상 종알종알 귀엽게 말을 배우는 아기 입에서 "아빠 띠발"이라는 말이 튀어나올 때 정신이 번쩍 들지 않는 남자는 없다고나 할까. 그러니 일단 협상 쪽으로 생각을 기울여보면 어떨까 싶다.

종종 말에 욕을 섞어 쓰는 나로서 참으로 주관적인 답변을 한 것 같아 조금 미안한 마음이다. (사실, 욕 나오는 세상 아닌가? 비굴한 모드로 마음속 생각도 괄호 안에 첨부한다. 서울 기준이지만 전세 값이 1년에 2000만원 가량 오르고, 웬만한 전세는 1억, 2억 누구네 버린 똥강아지 이름처럼 '억' 하고 불리는 마당에 나는 욕이 나온다. 특히 이사철에 나는 욕 좀 하고 사는 여자다.)

"아, 오늘 너무 덥다.
자기야, 우리 시원한 거 먹으러 가자.
우리 자기 얼굴 다 타게 만드는
나쁜 햇님, 나쁜 햇님."

남자 친구와의 대화가
너무 피곤해요

Q 사귄 지 1년쯤 되었습니다. 항상 그런 건 아닌데 말하는 방식이 서로 다른 것 같아요. 남자 친구는 좀 비판적입니다. 가끔은 제가 너무 무섭다고 말할 정도니까요. 자기는 그냥 사실을 객관적으로 말한 것뿐이라고 합니다. 반면 저는 말이 느리고 생각하면서 말을 하는 편입니다. 그래서 좀 장황해지죠. 이야기를 하는 동안 무얼 말하고자 하는지를 깨닫는 타입이라고나 할까요. 이러다 보니 남자 친구는 제가 대화 중에 삼천포로 빠지면 바로 지적합니다. 그러다 보면 기분도 나쁘고 할 이야기도 까먹고 대화할 맛도 나지 않습니다.

A 이 죽일 놈의 상황을 분석하라. 부부가 하루 평균 15분만 집중해서 둘만의 대화 시간을 가져도 이혼할 확률이 거의 없어진다고 한다. 아이들, 돈, 시댁, 처가, 회사 이야기 말고 두 사람의 존재에 관한 이야기, 너와 나의 이야기를 15분 정도라도 하면, 부부의 관계에는 틈이 생기지 않는다는 것이다. 한창 연애하던 시절, 처음에 이 이야기를 듣고는 겨우 15분? 그걸 못 채워? 생각했다. 그런데 결혼을 하고 각자 일을 하고, 아이를 키우고, 출장을 다니고, 야근을 하고, 밥을 하고, 재활용 쓰레기를 버리고, 청소기를 돌리다보니 너와 나의 이야기를 15분 동안 집중해서 한다는 것이 결코 쉬운 일이 아니었다.

남녀 사이는 노력하지 않으면 유지되지 않는 묘한 관계이다. 님이라는 글자에 점 하나만 찍으면 남이 된다는 트로트 노래의 가사처럼 허망하게 갈라서는 관계가 남녀 사이다. 남녀 사이에는 노력이 굉장히 많이 필요하고 특히 관계를 지키기 위해 함께 대화하려는 노력이 상당히 요구된다. 시간이 흐르면서 남자와 여자는 대화 속에서 공감대를 형성할 수 있는 공통분모가 점점 줄어든다. 그야말로 답답함을 무릅쓰는 피나는 노력과 인고의 세월이 있어야지만 남자와 여자는 멈추지 않는 대화를 할 수 있다.

말이 안 통한다고 느끼기 시작한다면 잠깐 멈춰 서서 생각해보아야 할 것이 있다.

첫째, 남자와 여자는 다르다는 점이다. 남자는 정보교환과 해결 중심의 대화를 하고 여자는 과정 중심의 대화를 한다. 남자는 해결책을 제시하기를 좋아하고 여자는 주야장천 과정과 그에 따른 심경을 토로

하기 원한다. 상대의 맞장구과 공감을 끌어내야 질 높은 대화를 했다고 느끼는 것이다. 남자와 여자의 대화는 본질적으로 산의 다른 꼭짓점을 향해 간다. 같이 산에 오르기 시작했지만 남자와 여자는 서로 다른 꼭짓점에 서서 서로를 바라보며 황당해한다.

우리 집은 9층이다. 나는 가끔 10층 아줌마를 엘리베이터에서 만난다. 엘리베이터에서 10층 아줌마를 만난 날, 나는 퇴근한 남편에게 오늘의 핫이슈를 전한다.

"여보, 나 오늘 엘리베이터에서 10층 아줌마 만났어."
"그래서 차 마셨어?"
"아니."
"그럼 뭐, 얘기했어?"
"아니."

남편의 얼굴을 보니 당황한 기색이 역력하다. '이 여자는 내게 왜 이런 이야기를 하는 걸까' 생각하고 있는 것 같다. 나도 모르겠다. 나는 그냥 그런 이야기를 하고 싶고 하게 된다. 그냥 남편 얼굴을 보면 그 일이 생각난다. 논리도 없고 기승전결도 없는 10층 아줌마와의 우연한 만남이 나에게 그날의 핫이슈인 것을 어쩌랴.

남자와 여자의 대화는 쉬운 것이 아니다. 논리를 중요하게 생각하는 남자들에게 여자들의 이야기는 얼마나 앞뒤 없고 뜬금없는 이야기이며, 공감을 중요하게 생각하는 여성들에게 결론만 말하라는 오빠들의 다그침은 무섭고 야속할 뿐이다. 그러니 서로 원하는 대화를 가르치는 방법밖에 없다.

"오빠, 내가 이렇게 이야기할 때 오빠가 '그렇구나, 그랬겠다…' 이렇게 공감해주면 너무 따뜻하고 좋더라." 이런 식으로 말이다. 속에서는 부아가 치밀지 모르겠으나 결국에는 유익하다에 한 표 던지겠다.

둘째, 남자의 사랑은 행동으로 증명된다는 점이다. 여자의 마음을 기가 막히게 잘 알아 말을 잘하는 남자들. 일명 선수들. 그들은 여자와 대화를 얼마나 잘하는가. 지나가는 아줌마도 10분 만에 누나로 만들어버리는 탁월한 관계 확장 능력을 가진 그들이다. 아마 그런 선수들과 데이트하면 대화 중에 답답함을 느끼진 않을 것이다. 그들은 여자와 대화하는 기계들이다. 그들은 근본적으로 대화로 관계를 이끌어가는 맥을 알고 있고 달콤한 말로 여심을 녹인다. 반면 좋고 순진한 오빠들은 어떤가. 바보다. 여자와 말하는 기술은 젬병이란 말이다. 마음은 진실한데, 말을 할 줄 모른다. 이런 오빠들은 교육과 계몽을 통해 혁신이 가능하다. 말은 청산유수요 내뱉은 말의 반도 진실성이 없는 오빠들이 오히려 어렵다. 달콤한 남자들이 인생까지 달콤하게 해주는 건 아니다. 말이 어눌한 오빠와 사귀는가? 아쉬운 마음을 삼키고, 오빠의 행동을 보라. 그의 행동이 진실하다면 계몽과 교육 쪽으로 방향을 잡는 것에 또 한 표 던진다.

셋째, 말이 안 통하는 것인지 근본적인 소통이 안 되는 것인지 분간해야 한다. 비슷한 맥락이지만 다른 이야기다. 말은 안 통하는데 나의 연약함을 받아주는 사람이 있고, 말은 많이 했는데 돌아서면 가슴이

스산해지는 사람이 있다. 오빠가 말주변은 좀 없어도 나를 받아주는 사람인지, 나를 받아주는 것이 안 되는 것은 물론이요 대화마저 안 되는 사람인지는 분간할 필요가 있다.

그리고 한 가지 생각할 것이 있다. 오빠도 당신과 말이 안 통해 답답할 것이라는 거다. 오빠도 당신만큼 피곤하다. 그래도 오빠는 참고 가는 분위기인 것 같다. 남녀 문제는 언제나 상대적이다. 서로 대화가 잘 안 되는 것 같은 이 답답한 상황을 서로 공유하고 대화를 시도해보기를 권한다. 노력해야 길이 보인다.

또 한 가지, 서로를 객관적으로 알 수 있는 기회를 마련하면 어떨까. MBTI나 MMPI 같은 심리검사를 받아보면 서로의 행동에 대해 더욱 폭넓게 이해할 수 있을 것이다. 데이트 비용은 이런 곳에 쓰는 거다.

남녀 문제에 정답은 없다.
언제나 상대적이다.
그래서 대화가 필요하다.

오빠가 좀 가난합니다

Q 제가 만나는 남자는요, 가정형편이 좀 어렵습니다. 그래서 그런지 만날 때마다 집안에 대한 고민을 이야기합니다. 처음에는 위로해주고 격려해주었는데요, 시간이 갈수록 지칩니다. 언제나 힘든 일, 부정적인 생각들만 이야기합니다. 그러다 보니 제가 상담사도 아니고 점점 상대에 대한 매력을 잃어갑니다. 저를 좋아해주는 것은 알겠는데 너무 힘이 드네요. 어떻게 해야 할지 모르겠습니다.

A 연애란 자고로 양파껍질을 벗기는 과정과도 같다. 시간이 지나면서 매력이라는 껍질이 처참히 벗겨진다. 환상은 산산조각이 나 흩어진다. 조각난 환상에 마음을 베어 쓰라리고 아프다. 힘든 것도 사실이다. 지금 이 지점에 서 계신 것 같다.

사랑은 아픔을 품고 가는 것이기에 사람들은 누구나 이 지점에서 진짜 사랑을 시작할 것인지 후퇴할 것인지 갈등하게 된다.

미안한 이야기지만, 아마도 이 남자는 천지개벽이 일어나지 않는 한 쉽사리 변하지 않을 것이다. 우울하고 부정적인 것은 기질의 한 부분이다. 가정형편이 어렵기 때문에 더욱 우울하고 부정적인 사람으로 변했겠지만, 원래 기질 자체가 부정적이고 비판적이기 때문에 상황을 더욱 우울하게 받아들이고 있을 가능성이 높다. 같은 환경에서 자랐어도 개인의 기질과 성향에 따라서 상황을 받아들이는 감성이나 소화하는 패턴은 다르기 때문이다. 남자는 앞으로 더 좋은 환경에서 살게되더라도 또 다른 부분에서 비판적이고 부정적인 요소들을 끄집어내어 말할 것이다.

오해를 막고자 한 가지 덧붙이자면, 우울하고 부정적인 성향이 가져오는 긍정적인 결과들도 많이 있다. 그들의 기질이 아름다운 예술작품을 만들어내고 사회를 향해 비판적인 질문을 던진다. 그래서 '좋은 게 좋은 것'인 사람들을 각성시켜 균형 및 발전에 이르게 한다. 단지 우울질 성향을 가진 사람을 사랑하는 이들은, 매일 그들이 뿜어대는 우울한 에너지에 숨이 막힌다는 것뿐이다. 하지만 좀 더 생각해보면 이것도 억울할 것은 없다. 밝고 경쾌한 남자들은 그만큼 스포츠와 친구들을 좋아하신다. 그래서 얼굴을 볼 시간이 없다. 공식적인 애인은 내가 맞는데 이건 뭐 산으로 들로 공 차러 다니시느라 얼굴을 보여주시질 않는다.

어떤 기질이든 장단점이 있는 것이다. 유쾌한 남자를 만났더라면 아마 오늘의 고민 대신 "남자 친구가 저보다 친구들을 더 좋아해요"라고 하소연했을지도 모른다. 내 입맛에 맞는 맞춤형 인간은 없다.

어쨌든 이 남자의 성격은 외부 환경의 변화에 큰 영향 없이 유지될 가능성이 높다. 그러므로 이 남자가 '아, 내가 이런 식으로 연애하면 사랑을 잃을 수도 있겠구나' 하며 어느 날 갑자기 머릿속에 사이렌이 울려 스스로 변화에 대한 의지를 불태운다면 어느 정도의 개선은 가능하겠지만 근본적인 개조는 불가능하다.

그런데 우리에게는 근본적인 개조를 요구할 권리 자체가 없다. 누군가를 사랑할 때 사람들은 "네가 나를 사랑한다면 변하여라" 하며 물이 포도주로 바뀌듯이 내 입맛대로 새탄생할 것을 요구한다. 좀 더 시원한 물, 좀 더 따뜻한 물, 좀 더 달콤한 물은 될 수 있을지 모르지만 포도주가 될 수는 없는 노릇이다. 사랑은 작은 변화를 요구할 수 있지만 근본적인 변화를 압박할 수 없다. 근본적인 변화의 압박은 무례한 것이다.

때로 사람들은 상당히 이상적으로 상대의 변화를 꿈꾸며 그것에 올인했다가, 결국 변하지 않은 상대를 원망한다. 그런데 사람은 변하기 어렵다. 조금씩 성장하면 다행이지 변하기를 기대하는 건 옳지 않다고 본다. 그러므로 지혜로운 선택은 개조 불가, 변화 불가한 상대의 근본 골격구조를 파악하고 그것을 사랑이라는 이름으로 받아들일 것인지 말 것인지를 선택해야 한다. 이것이 사랑에 관한 우리의 몫이다.

현재로서는 남자에게 지금의 심경을 이야기하는 게 좋겠다. 혼자 고민하는 것보다 입으로 말하는 것이 현명하게 갈등을 해소하는 좋은 방법이다. 인생살이가 힘든 우울질의 남자가 자기 상황에 몰입되어 있고 자신의 감정에만 충실하고 자기연민이 강한 경우, 자신이 상대에게 얼마나 큰 우울의 에너지를 뿜어내는지 인지하지 못할 수 있다. 남자 친구가 여자 친구에게 어떤 식으로 정서를 의존하는지 객관적으로 바라볼 수 있는 기회를 제공해주어야 한다. 아직 가정에서 독립한 상태가 아니기 때문에, 태어나 자랐고 지금도 살고 있는 가정이 남자 친구의 삶과 정서를 누를 때 밝은 정서를 가지기는 쉽지 않다. 그래서 여자 친구가 누구보다 의지할 대상이요 소망이 된다. 지금 자신이 얼마나 힘든지 어떤 점이 힘든지 솔직히 들려주면 좋겠다. 그래야 그 남자도 자신의 우울의 강을 건너 당신에게 맞닿는 사랑을 할 수 있는 기회가 생긴다.

"내 마음은 호수요. 그대 노 저어 오오" 시인 김동명의 〈내 마음은〉의 한 구절이 생각난다. 그가 노를 저어 당신에게로 올 것인가는 당신이 지켜봐야 할 가장 중요한 사안이다. 현재 이 관계는 철저히 여자의 입장에서 보자면 주기는 하나 받는 게 없는 것처럼 느껴지는 관계이다. 이 관계에 필요한 중요한 한 가지 질문이 있다. 이 남자의 우울한 말투를 떠나 '당신에게 꼭 필요한 무언가를 채울 수 있는 사람인가'라는 질문을 스스로에게 해봐야 한다.

일반적으로 건강한 사랑은 '주고받는 사랑'이다. 사랑은 주고받으며 성숙해간다. 남녀에게 있어 한쪽이 다른 한쪽에게 일방적으로 마더 데레사가 되어주는 건 좋지 않다. 당신이 그의 우울함을 감당할 마더 데레사가 되어준다면 그는 당신의 어떤 영역에서 당신의 필요를 채워줄 수 있는가를 생각해보아야 한다.

아, 이래서 이승철이 〈사랑 참 어렵다〉라는 노래를 그토록 애절하게 불렀나 보다. 힘들지 않은 관계는 없고, 실망을 안겨주지 않는 관계는 없다. 핵심은 서로가 서로의 강을 건너는 수고를 감내하면서까지 서로에게 다다르고 싶을 만큼 사랑하는가이다.

완벽한 변화를 기대하기보다
조금씩 성장하는
서로의 모습에 감사하라.

남자 친구와
매일 만나고 싶어요

Q 남자 친구와 매일 만나고 싶어요. 함께 저녁도 먹고 영화도 보고 많은 시간을 공유하고 싶어요. 그런데 남자 친구는 매일 만나는 것을 좀 부담스러워 해요. 그래서 섭섭해요. 나를 정말로 사랑한다면 매일 만나야 하는 것 아닌가요?

A 여고생 딱지는 이제 버려야 할 때도 되지 않았나. 여고생들은 친한 친구들끼리 딱 붙어 다닌다. 빈틈이 없다. 그녀들은 모든 것을 공유한다. 요즘은 더 심할 것이다. 페이스북이니 카카오스토리니 더욱 짱짱해진 소셜 네트워크에서의 공유와 댓글은 우정의 기반이 된다. 고교 친구는 대부분 집도 근처이니 등하교를 같이 하는 것은 물론이고 숙제와 쇼핑도 같이 하고, 떡볶이도 같이 먹는다. 멋진 남자에 대한 정보는 물론이요, 남들 연애 이야기, 생활 전반에 관한 모든 이야기를 공유한다. 그리고 종종 화장실에도 같이 들어간다. 들어가서 하는 일은 그냥 한 명은 볼일 보고, 한 명은 뒤돌아 서 있는 거다. 남자들은 절대 이해할 수 없는 여자들의 행동이다. 여자들은 좋아하면 많은 것을 함께한다. 그리고 그게 그렇게 재미있을 수가 없다.

내 생각에 당신은 연애를 고교시절 '동성 친구들과 함께 놀기'라는 맥락 안에서 담아내려 하는 것 같다. 말하지 않아도 눈빛만 보고도 서로의 생각을 꿰뚫는, 점쟁이 같은 고교 친구를 만나고 있는 것이 아니다. 남자와 사랑을 하고 있는 것이다. 말하지 않으면 절대 모르는 사고체계 자체가 다른 존재, 남자와 소통을 하고 있는 것이다.

연애가 직업인 남자가 아니고서야 매일 여자 친구를 만날 수 없다. 캠퍼스 커플이나 사내 커플처럼 매일 만날 수 있는 생활권을 소유하고 있다면 모를까, 자기 생활을 발전적으로 꾸려가는 남자가 어떻게 여자 친구를 매일 만나나. 이건 헌신적으로 사랑하는 것과는 전혀 상관없는 문제이다. 매일 붙어 다니는 것이 오히려 건강한 관계를 방해한다. 매일 애인만 만나면 자기 생활은 언제 하고 다른 친구들은 언제 만나고 가족은 언제 만나나.

당신은 다른 인간관계, 즉 친구나 가족, 사회생활을 통해 충족해야 하는 관계에 대한 욕구를 한 남자에게서 모두 채우려는 매우 위험한 시도를 하고 있는 것인지 모른다. 서로를 독점하는 관계는 다른 관계를 끊을 수 있어서 위험하고 인생을 빈약하게 만든다. 만일 서로 헤어지면 다른 관계들은 그사이 녹이 슬거나 끊어져 있어서 당신은 이별의 슬픔을 하소연할 곳조차 마땅치 않게 된다. 건강한 거리감이 좋은 사랑의 밑거름이 되고, 오랫동안 싱싱한 로맨스를 제공한다.

남자는 좋아하는 여자가 생기면 미래에 대한 부담으로 할 일이 많아진다. 심적인 부담이 증가한다. 열심히 일하고, 공부하고, 미래를 준비하느라 벅차다. 양보다 질인 데이트를 추구하자. 자기 자신을 잃는 연애, 친구를 잃는 연애는 질 낮은 연애의 대표적인 특징들이다. 그대의 남친은 아마 '좀'이 아니라 '많이' 부담스러워하고 있을 것이다. 편안하게 해줘라.

기분 나쁠 수 있는데 한 가지 묻고 싶다. 그대여, 남자를 사랑한다는 것이 어떤 의미인지 생각해본 적 있는지? 그저 오빠의 마음을 받고, 감정을 즐기고, 사랑과 섬김을 받고, 받고, 받고, 받고 또 받고 그런 거 말고, 오빠를 사랑하고 있다면 당신은 어떤 행동을 해야 하는지 생각해보길 바란다. 오빠도 사랑받고 싶은 사람이고 사랑이 필요한 사람이다. 매일매일 만나주지 않는 것에 섭섭해하기 전에 당신은 오빠가 원하는 사랑을 주고 있는지 스스로에게 물어봐라. 매일 만나주지 않아 섭섭한 그 마음이 조금은 누그러질 수 있을 것 같다.

나를 사랑하는 남자라면 언제 어디서든 달려와야 하고, 만날 때마다 집에 데려다줘야 하고, 삐치면 달래줘야 하고, 밥값도 내야 한다는 여자들의 심보는 고약하다. 연애가 노예계약은 아니잖은가. 적당히 바라자. 받은 만큼 나도 주자. 오빠는 슈퍼맨이 아니다. 오빠도 사람이다.

헤어진 남자의 새 여자 친구

Q 같은 교회에서 4년 넘게 교제했고, 함께 결혼 준비를 하다가 헤어졌습니다. 그리고 상대는 얼마 지나지 않아서 새로운 연애를 시작해 여자 친구를 저희 교회로 데려왔습니다. 그것 때문에 교회를 옮기는 건 우스운 일인 것 같아서 참고 지낸 지 꽤 오래되었습니다. 교회는 작고, 매주 얼굴을 봐야 하고, 모임도 같이 하고, 일도 같이 해야 합니다. 그런데 시간이 지날수록 분노의 마음이 올라오네요. 교회에서는 일 때문에 저를 필요로 하고 저는 너무 힘이 듭니다. 어찌해야 할까요.

A 하나님은 당신의 아픔에 가장 큰 관심을 두신다. 같은 교회에서 4년이 넘도록 사귀고 결혼 준비까지 하던 사이였는데, 지금 이런 상황이라…. 상식적인 사고가 가능한 사람이라면 이 이야기는 누가 봐도 '뭔가 아니다'라고 생각할 것이다. 이런 이야기는 미용실에 둘러앉은 아줌마들에게 물어봐도 "에이, 그건 아니지. 그럼 안 되지"라고 하지 않을까. 그런데 상식적으로만 판단해도 잘못된 일들이 왜 교회 안에서는 주님의 이름으로 행해지도록 덮어지는 것일까.

이 여인이 차마 교회를 떠나지 못한 이유는 은연중에 이런 메시지가 공유되었기 때문일 것이다. '하나님은 치유의 하나님이시다. 이별의 고통은 모든 것을 채우시고 회복하시는 그분께 맡기자. 이런 인간적인 일로 교회공동체를 떠난다는 것은 실패하는 것이다. 사탄이 공동체를 나뉘게 하는데 내가 이용당할 수는 없다. 하나님은 선하시고 모든 것은 협력하여 선을 이룰 것이다.'

이런 메시지가 이별의 고통을 감당해야 하는 여인에게 의식적이든 무의식적이든 회유 또는 강압으로 전달되지 않았을까. 이 메시지에 따르면 교회가 말하고 있는 하나님은 상식도 없고 잔인한, 여인의 마음 따위는 상관없는 매정한 분이 아닌가.

때로 교회가 그 구조를 유지하기 위해 개인의 희생을 너무나 당연히 여기는 잔인한 속성이 있다고 느낀다. 중세 교회가 교권을 유지하기 위해 주님의 이름으로 힘 없고 약한 자들을 억압했듯이, 현대 교회는 순수한 믿음을 담보로 또 다른 정서적 폭력을 행사하고 있다.

이별은 얼마든지 할 수 있으니 여기까지는 잘못이 아니다. 그러나이 사건에서 상처받은 여인의 마음에 대한 위로는 어디에 있으며, 결혼을 준비하던 연인과 이별을 하고 얼마 되지 않아 다른 연인을 교회로 끌어들인 남성의 파렴치함과 무례함, 무정함에 대한 치리는 어디에 있는가.

이렇게 인간의 기본적인 희로애락에 대한 배려가 없는 교회에 어떤 비그리스도인이 발을 들여놓고 싶을까. 상식적이지 않은 교회에 상식 있는 사람들은 결코 발을 들여놓고 싶지 않을 것이다. 왜 교회는 이런 문제에 쿨하지 못할까. 좀 더 대범하지 못할까. 왜 이 여인에게 형제의 무례함을 대신 사과하며 다른 교회로 가서 위로와 안식을 얻으라고 말하지 못하는가. 왜 교회는 이 남자에게 이전 연인의 마음을 배려하지 못한 무례함에 대해 옳은 권면을 하지 않는가.

교회 안에서 연애하다 이별을 하고 한쪽이 너무나 상처가 커서 감당할 수 없는 상황이라면 떠나보내야지, 이런 식으로 붙들고 있는 것은 개인에 대한 예의가 아니다. 이별 후 떠나는 사람의 뒤통수를 보며 사람들은 무언가 실패했다고 수군거린다. 하지만 이런 상태의 여인을 교회의 일꾼이라는 이유로 하나님의 회복의 은혜를 기대하며 교회 기둥에 묶어두는 것은 교회가 크게 잘못하고 있는 것이다.

상실감의 고통은 사건 당시에는 느끼지 못할 수도 있다. 진짜 감정은 시간이 흐르면서 점점 실체를 드러내고 괴로움을 준다. 그대여, 당당히 교회를 나와라. 당신이 그 교회를 나온다고 해서 하나님을 배신하는 것도 교회를 배신하는 것도 아니다. 하나님은 매주 가슴에 쓰라린 고통을 숨기고 섬기는 당신을 얼마나 아픈 마음으로 애처롭게 바라보고 계실까.

그분은 잔인한 분이 아니다. 그분은 지금 당신의 아픔에 가장 큰 관심을 가지고 계신다. 쉽게 만나고 쉽게 이별하고 또 그것 때문에 교회를 등지는 사소하고 가벼운 만남과 이별에 대한 이야기가 아니다. 이여인, 한 남자를 4년 동안 사랑했고, 결혼을 준비했으며, 남자를 잃었고, 옛 남자의 새 여인을 매주 만난다. 그대, 떠나도 되지 않겠는가. 교회가 이 여인의 떠날 수 있는 자유를 속박할 자격은 없다.

손찌검하는 남자 친구,
고칠 수 있을까요?

Q 제 남자 친구는 평소에는 잘 지냅니다. 그런데 기분이 상하면 자기통제가 안 되는 것 같아요. "헤어지자"는 말을 수시로 하고, 욕설과 손이 올라갈 때도 있어요. 개선될 수 있을지 그냥 제가 참으면 되는 문제인지 고민됩니다. 이런 남자도 바뀔 수 있나요?

 이 세상에 때리면서 하는 사랑은 없다.

민지는 남자 친구에게 맞으면서 데이트를 했다. 남자가 자주 때리는 것은 아니었는데 화가 나면 간헐적으로 그녀의 뺨을 한 대씩 때렸다. 민지는 처음에는 당황하고 기분이 나빴지만 점점 그 사안에 대한 객관적인 시각을 잃어갔다. 때리긴 하지만 금방 진심으로 사과하는 남자와 헤어지기는 싫었다. 좀 힘들지만 참고 넘어가기를 선택하고 있었다.

지속적인 폭력을 당하면 여성은, 아니 인간은 자존감에 손상을 입는다. 점점 상황판단력은 약해지고 폭력을 가하는 자에게 순응하게 된다. 그리고 결국 스스로 그 상황을 빠져나올 수 있는 힘을 상실한다. 폭력 남편과 사는 여성들이 웬만해서 그 소굴을 빠져나오지 못하는 이유는 폭력이 그녀들의 몸뿐 아니라 자존감에 상해를 입히고 분별력 있는 사고를 하지 못하도록 만들었기 때문이다. 이런 경우 첫 번째 폭력을 당했을 때 적극적으로 대처, 대항하지 않으면 반복될 확률이 높고, 그럴수록 폭력의 강도는 증가한다. 그리고 그와 비례해 여성은 그 상황을 벗어날 수 있는 정서적인 힘이 약해진다.

그대의 남자 친구는 지금 정상적인 연인 관계를 유지할 수 있는 상태가 아니다. 이 상태 그대로 결혼한다면 폭력 가정이 될 가능성이 매우 높다. 지금은 두 사람의 문제이지만 결혼 후에는 사회적인 문제가 된다. 폭력이 있는 가정에서 자란 아이들은 정상적인 애착과 친밀함을 누릴 수가 없다. 집은 공포스러운 공간이 된다. 아버지는 야수이고 어머니는 불쌍한 피해자이다. 오직 사랑받을 권리만을 가지고 태어나는 꽃 같은 아이들이 무슨 죄로 그 고통을 받아야 하는가.

그대의 남자 친구는 전문적인 상담을 통한 치유가 필요해 보인다. 전문적인 상담소에서 시간을 두고 자신을 돌아보는 뼈아픈 과정이 필요할 것이다. 물론 본인의 의지가 있어야 가능하지만 말이다. 지금의 상황을 계속 참는 것은 그를 점점 더 파괴하는 길을 선택하는 것과 같다.

당신이 그를 사랑한다면 그에게 당신의 고통을 이야기하고 상담을 권면하라. 단, 그의 기분이 아주 좋을 때 사람이 아주 많은 곳에서 해야 한다. 그가 치유의 여정을 시작하지 않는 한 관계가 더 깊어지지 않기를 바란다.

뉴스에서 치정에 의한 살인사건을 볼 때, CCTV에 흐릿하게 잡힌 피해자 여성의 마지막 모습이 그렇게 안타까워 보일 수가 없다. 깊어지기 전에 거리를 두었어야 했는데, 상대방이 비정상적으로 정서를 밀착하지 않도록 주의해야 했는데, 너무나 안타깝다. 물론 드물고 극단적인 경우이지만 상대의 정서가 건강하지 않을 때, 적정한 거리를 지혜롭게 유지하는 것은 매우 중요하다.

기분이 상하면 헤어지자는 말을 하고, 욕을 하고, 손을 올리는 이 남자. 당신의 친구가 사귄다면 무엇이라 이야기해주겠는가. 이 세상에 욕하고 때리는 사랑은 없다. 그저 참을 일은 절대 아니다. 어떤 식으로든지 해결의 방법을 모색해야 한다. 더 늦기 전에 길을 찾아라. 늦으면 구덩이에서 혼자 빠져나오기가 정말 어려울 것이다.

사랑은 상대방의 자존감에
상처 입히지 않는 것이다.

밥 먹을 때
진상 아저씨 같은 남자

Q 제가 만나는 오빠는 훈남의 반대 캐릭터입니다. 쉽게 말해 상당히 별로인 외모 기준을 모두 충족시키고 있습니다. 사람이 좋아서 만나기 시작했는데 자꾸만 다른 남자들하고 외모를 비교하게 되고 그러다 보니 짜증나기 시작합니다. 게다가 밥을 먹을 때는 아저씨처럼 쩝쩝 후루룩 소리를 내면서 싹싹 비워 먹는데, 그것도 보기 싫습니다. 그러면 "오빠 밥 좀 예쁘게 먹어", "밥 좀 조용히 먹을 수 없어?", "키는 또 왜 그렇게 작니?" 이런 말들을 저도 모르게 불쑥 내뱉게 됩니다. 사람은 좋은데 아저씨 같은 이 남자, 계속 만나도 될까요?

A 오빠야말로 너를 계속 만나야 하는 걸까? 오빠야말로 이런 상태에 놓인 당신을 계속 만나도 되는 건지, 오빠가 안쓰럽다. 소위 콩깍지라는 것이 벗겨지면서 이런 불만족스러운 부분들이 생긴다. 모든 연인이 시간이 지나면 환상의 터널을 빠져나온다.

나는 파리에 대한 환상이 있었다. 에펠탑이 있는 도시 파리. 패션과 낭만이 있는 곳. 아무 카페에서나 책을 펴고 커피를 마시면 화보가 되는 곳. 영화의 배경이 파리면 그것만으로도 로맨스가 두 배로 증폭되는 곳. 단어의 어감까지 매력적인 그곳, 파리. 유럽을 가게 된다면 가장 가고 싶은 곳은 단연 파리였다. 그리고 스물아홉의 여름, 파리에 갈 수 있는 기회가 생겼다. 내 인생에 이런 날도 오는구나. 에펠탑을 눈앞에서 보고 세느 강변을 이 두 발로 걷게 되다니! 상상만으로도 황홀했다.

그러나 파리는 그간 상상해왔던 나의 파리가 아니었다. 일단, 에펠탑에 한 남자가 자살 시위를 하며 매달려 있었던 것부터가 시작이었다. 그토록 기대했던 에펠탑을 향해 가고 있는데, 어떤 미친놈이 에펠탑에 매달려 있어서 탑에 불을 못 켠다고 사람들이 구시렁대며 내려오고 있는 게 아닌가. 이 무슨 소리인가. 내가 이걸 보려고 지구 반대편에서 얼마를 주고 날아왔는데, 왜 하필, 오늘, 그놈은, 에펠탑에 매달려 있는 것인가. 긴급구조대가 출동해 그 남자를 구해내기까지 상당한 시간이 소요되었다. 결국 남자는 구조되고 아주 늦은 시간에 불이 켜졌다. 그런데 내 눈에 더 이상 에펠탑이 근사하지 않았다. 화려한 에펠탑에 매달렸던 한 남자의 번민은 에펠탑을 더 이상 낭만적으로 볼 수 없게 만들었다. 그리고 두 번째, 파리의 지하철역. 그곳에서 나는 어린 소년들이 쏜 비비탄을 제대로 맞아 다리에 피가 맺혔다. 동양 여자들에게 흔히 치는 장난이었다. 비비탄 한 방으로 내가 유색인종이라는 사실을 아주 확실히 깨달았다. 이 두 가지 경험으로 파리에 대한 콩깍지는 제대로 벗겨졌다. 파리의 잘못은 아니다. 스스로 콩깍지를 뒤집어썼던 나의 잘못이다.

콩깍지가 벗겨지는 시즌이 있다. 상대의 이미지와 나의 상상, 추측, 기대를 넘어 실체와 만나기 시작할 때이다. 아마 상당히 괴로울 거다. 이런 변화는 누구에게나 찾아오는 것이다. 그저 올 것이 왔다고 생각해라. 모든 연인은 실망스러운 상대의 실체를 만나면서 끊임없이 사랑할 것이냐 떠날 것이냐를 고민한다. 그 실체라는 것은 좀 구질구질한 면이 많다. 커피를 마실 때 후루룩 후루룩 소리를 내는 촌스러운 흡입 태도, 운전할 때 보여주는 폭력적인 언사, 귀요미인 줄 알았더니 짜증쟁이 징징쟁이인 그녀, 무드 없이 덥석 잡는 손, 높은 구두 신은 게 안 보이는지 걸을 때 빨리 오라고 재촉하는 성질 급한 남자, 육개장 먹으면서 냅킨으로 땀 닦는 남자, 더 친해지면 코도 팽팽 푸는 연인, 갈수록 안 어울리는 옷만 입고 나오는 그녀….

이런 실체가 없는 사람이 있을까. 결국 진짜 연애와 사랑은 이런 서로의 실체를 받아들이고 극복하는 과정이다. 그러니 누굴 만나든지 실망의 시간은 지나기 마련이다. 차라리 사람은 좋은데 외모 때문에 짜증나는 게 낫지, 외모가 죽이는데 알고 보니 성질까지 죽이면 그건 진짜 답이 없다.

그런데 한 가지, 이 문제는 이런 불편한 감정을 느끼고 있다는 것보다 그 갈등의 심경을 드러내는 방식이 더 핵심인 것 같다. 로맨스가 안 느껴지는 것보다 오빠를 구박하는 것이 많이 걸린다.

갈등이 가득한 마음을 상대에게 "키는 왜 그렇게 작아?", "밥 좀 예쁘게 먹어"라는 식으로 말을 툭툭 내뱉으며 표현하는 것, 무례하다. 반대의 경우를 가정해보자. 남자가 처음에는 그대를 보며 통통해서 귀엽다고 했다가, 시간이 지나면서 "살 좀 빼라. 넌 다이어트도 안 하냐?" 이런 식으로 말을 한다면 어떨까. 십중팔구 바로 눈물이 핑 돈다. 때로 여자들은 남자들이 한마디만 하면 파르르 떨고 억울해하고 분노하면서 자신은 남자가 상처받을 말을 아무렇지도 않게 대놓고 한다. 남자도 상처받을 가슴을 가진 사람이다.

시간차만 있을 뿐, 우리는 모두 아저씨가 되고 아줌마가 된다. 아저씨 같고 아줌마 같은 것이 매력적이진 않지만 어떤 아저씨이고 어떤 아줌마인지가 좀 더 중요한 게 아닐까.

그럼에도 불구하고 당신이 이 남자와 사귀게 된 이유가 있을 것이다. 그것이 당신이 그 남자에게서 발견한 가치이다. 그 가치가 정말 중요한 것이라면 다른 잔가지는 과감히 잘라내야 한다. 만일 더 이상 그 가치가 중요하지 않게 되었다면 애먼 남자 괴롭히지 말고 그 남자를 사랑할 수 있는 여인에게 놓아주라. 평생 옆에 묶어놓고 구박하는 것, 그걸 사랑이라고 부를 사람은 없으니까.

남자 친구의 아이를 가진 뒤
이별 통보를 받았습니다

Q 남자 친구와 잠자리를 갖고 임신을 했습니다. 저는 아직 대학생
이고 낳을 자신도 키울 자신노 없었습니다. 오빠는 나중에 결혼해서
낳자면서 위로해주었고 저는 아이를 지웠습니다. 그날 이후로 죄책감
이 떠나지 않고 하루도 행복한 날이 없습니다. 그러는 저를 두고 오빠
는 "예전 같지 않다"라며 헤어지자고 했습니다. 저는 혼자입니다. 제
인생을 다시 예전처럼 시작할 수 있을까요.

A 앞날을 위해 '깨진 유리 조각'을 밟는 아픔을 견뎌라. 캄캄하고 긴 터널에 혼자 갇혀 얼마나 외롭고 힘겨웠을지, 먼저 그대의 마음을 쓰다듬어주고 싶다. 그리고 힘든 이야기를 꺼내주어 정말 고맙다.

낙태 후 스트레스 증후군(PASS, Post Abortion Stress Syndrome)이라는 것이 있다. 일부 이 증후군을 인정하지 않는 분들도 있으나 나는 이 증후군의 존재를 지지하는 입장임을 밝히며 이야기를 시작하고자 한다.

낙태 후 스트레스 증후군은 낙태를 경험한 여성들이 겪게 되는 심리적인 장애이다. 우울증, 불안증, 섭식장애 등 그 증상이 다양하게 나타난다. 낙태를 경험한 대부분의 여성이 경험하는 것으로 알려져 있다. 이 증후군은 증상의 경중에 따라 전문가의 도움이 필요하다. 실제로 낙태를 전후하여 상담을 받은 여인과 그렇지 않은 여인은 정서적 회복의 차이가 크다. 그런데 일단 이런 일이 벌어지면 무덤까지 가지고 갈 비밀이 된다. 그러니 나 살자고 상담소 문턱을 넘나드는 것은 상상도 못할 일이다. 아무 일 없었던 것처럼 황급히 일상으로 복귀한다. 그리고 죄책감과 괴로운 마음에 시달리며 이런 생각을 한다. '나 같은 건 이런 고통을 받아도 싸다. 아기를 죽였는데 이 정도 고통도 안 받나.' 이렇게 자책하며 스스로를 벼랑 끝으로 몰아간다. 아기는 낙태로 사라졌으나 낙태는 여자에게 치명적인 정서적 상처를 남긴다. 어떤 여성에게는 그 상처가 평생 지울 수 없는 흉터로 굳기도 한다. 죄의 결과란 인간을 인간답게 살지 못하게 하기에 참으로 무서운 것이다.

본인의 상태를 객관적으로 보면 좋겠다. 낙태 후 스트레스 증후군을 이해시키기 위해 전문가들은 낙태를 경험한 여성의 상태를 '외상 후 스트레스 장애(Post-Traumatic Stress Disorder)'를 겪고 있는 남성과 비교하기도 한다. 외상 후 스트레스 장애는 잔인하고 심각한 외상을 목격하거나 경험한 후에 나타나는 불안장애이다. 전쟁이나 끔찍한 교통사고, 살인의 목격, 지진과 같은 자연재해의 경험, 기계에 손이 잘리는 것과 같은 신체 손상 경험, 납치를 당하거나 강도를 만나 생명에 물리적인 위협을 받은 경험 등이 이 질병의 원인이 될 수 있다. 베트남전쟁 참전 군인의 약 30퍼센트가 이 장애를 경험했다고 한다.

낙태 후 스트레스 증후군은 전쟁을 겪은 남자들이 정신적인 고통을 겪는 것과 같은 맥락에서 이해해야 한다. 전쟁터의 상해와 같은 일이 여자의 몸 안에서 일어난다. 나는 우연히 산부인과에 갔다가 낙태수술 소리를 들은 적이 있다. 수술실에서는 진공청소기 소리가 났다. 아마도 태내의 죽은 태아를 흡입하는 방법인 것 같았다. 충격적인 소리였다. 수술 받는 여성과 아무런 관계가 없던 나조차도 그 서늘한 소리를 잊지 못한다. 그 소리가 의미하는 슬픔과 탄식과 절규를 잊을 수가 없다. 그런데 수술대 위에서 그 소리를 들은 여인은 어떨까.

낙태는 한 생명을 그것도 '나'와 '그'의 '아기'를, '나'와 '그'가 죽이기로 선택한 일이다. 피를 보는 일이다. (여기서 아기의 주수에 따라 태아가 아닌 배아도 생명으로 인정할 것인가 하는 논의는 피하겠다. 낙태를 한 여인에게 배아와 태아는 자신이 버린 '나의 아기'로 간주된다는 정서적 측면의 이해를 구한다.) 이런 사건에서 쉽게 자유로운 사람은 없다. 특히 스트레스 요인이 계획에 따라 진행된 경우, 외상은 더욱 심각하고 오래 지속된다고 한다. 이 말은 계획된 낙태가 여성에게 미치는 악영향이 얼마나 큰 것인지를 말해준다.

그리고 한 가지, 이 장애가 더 심각하게 개인에게 영향을 미칠 수 있는 위험 요소들이 있는데, 그중 하나가 스트레스를 유발하는 주변환경의 변화이다. 그대의 경우는 남자 친구와의 이별이 여기에 해당하는 것으로 엎친 데 덮친 격이 된 것이다. 지금 힘든 건 당연하다. 임신 사실을 알게 되었을 때 느꼈을 두려움, 낙태 결정 과정의 번뇌, 아기의 죽음, 애인과의 이별, 죄스러운 마음…. 당신에게는 슬퍼할 이유가 많다. 죄책감과 배신감의 무게는 금방이라도 당신을 압사시킬 것만 같다. 죄의 결과들은 우리를 얼마나 아프게 하는가.

적극적인 행동을 취해야 한다. 전문가에게 심리상담 치료를 받기를 권한다. 예전에는 '정신병원'이라는 단어가 주는 부정적인 이미지가 있었지만 현대인들은 과도한 스트레스를 받고 살아가기 때문에 정신건강 관리는 매우 중요하다. 예전처럼 다시 시작할 수 있을지 물으셨다. 상담받고 치료받으면서 전문가의 도움을 받으면 예전과 똑같지는 않겠지만 상처를 극복한 모습으로 새로운 시작을 할 수 있을 것이다.

그냥 "교회 목사님이나 신뢰할 만한 리더에게 말하고 함께 기도하면서 치유받으면 안 될까요?"라고 물으실 수도 있겠다. 좋다. 교회 안에서 신뢰할 만한 분들에게 오픈하고 격려받고 위로받을 수 있다면 좋다. 하지만 그것 더하기 전문가의 도움은 꼭 받아야 한다. 낙태는 일반적인 경험이 아니다. 목회상담이 할 수 있는 일과 심리상담이 할 수 있는 일, 신경정신과적 치료가 할 수 있는 일의 영역이 다르다. 모두가 다 하나님께서 주신 지혜의 산물들이다. 그러니 하나님께서 상처받은 인간들을 위해 준비하신 이 세 가지 자원을 모두 적절하고 균형 있게 사용하기를 권한다.

치료 과정 중에 죽은 아기에 대한 애도와 배신한 남자 친구에 대한 용서 등 많은 이야기들이 수면 위로 올라올 것이다. 맨발로 깨진 유리 조각 위를 밟는 것 같은 고통에 울부짖겠지만, 밟고 지나가지 않으면 평생 깨진 유리 조각을 심장에 박고 살아가야 할 수도 있다. 당신은 소중하다. 그리고 앞으로는 더욱 행복하게 살아야 한다. 반드시 말이다. '살다보면 잊어버리겠지' 하며 자신을 방치하는 비인격적인 생각은 버리고, 적극적으로 이 세상에 하나뿐인 당신을 돌보고 상처를 보듬어주기를 바란다. 이 과정은 당신이 나중에 아기를 품에 안았을 때, 세상에 둘도 없는 좋은 엄마가 되게 해줄 것이다.

그대에겐
충분한 애도 기간이 필요하다.

남자 친구와 종교가 달라요

Q 저는 종교가 없는 남자 친구와 교제 중인 크리스천입니다. 그 친구는 교회에 가기 싫어해요. 난 이 친구를 포기할 수가 없고, 꼭 같이 교회에 다니고 싶어서 종교 이야기를 꺼내게 됩니다. 그러다 꼭 싸웁니다. 어떻게 이야기를 해야 할까요?

A 그대의 삶이 메시지가 되어라. 넌크리스천과의 연애와 결혼에 대한 근본적인 이야기는 이 장에서 논외로 하고, 그대의 상황에 초점을 맞추어 이야기하겠다.

일단 사랑은 시작되었고, 관계가 시작된 이상 책임이 따르게 되었다. 그토록 남자 친구를 전도하고 싶다면 방법은 하나다. 당신 자신이 메시지가 되어야 한다. 이 말은 애인에게 사영리를 펴놓고 매일매일 주님의 말씀을 선포하며 복음을 전하라는 것이 아니다. 전도의 사명을 연인에게서 성취하려고 하는 것은 자기중심적인 발상이라 생각한다. 그런 목적을 가진 연애는 오히려 상대에게 오해받을 수 있다. 그가 당신을 향해 가지는 이미지가 곧 기독교에 대한 이미지요 하나님에 대한 이미지가 될 것이다. 그는 당신이라는 창을 통해 하나님을 엿보고 있을 것이다. 말로 그 사람을 쫀다고 되는 일이 아니다. 당신 자신이 눈앞에서 살아 움직이는 복음이 될 때 그의 마음이 열리고 움직이는 것이 아닐까.

강요하지 마라. 나도 고교시절에 남자 친구에게 이런 식으로 종교를 강요한 적이 있었다. 지금 생각해보면 너무 미안하다. 그저 마음을 열고 사랑해주고 즐겁게 대화를 나누고 하면 될 것을 나의 신념 때문에 나와 옛 남자 친구와 하나님은 묘한 삼각관계가 되었다. 헤어질 때 그 친구가 말하더라. 관계에 하나님을 끌어들이는 것이 힘들었다고.

당신이 너무 좋아서 사귀기로 한 남자가 불심이 강하다고 가정해보자. 그가 만날 때마다 절에 가서 불공을 드리자고 하고, 일천 배를 드리자고 하고, 부처님의 가르침을 읊어댄다면 그대의 기분이 어떻겠는가. 종교는 일종의 문화적인 속성을 가지고 있다. 갑자기 낯설고 다른 문화를 강요하고 들이미는 것은 매우 불편한 일이다.

지금 그대가 할 수 있는 일은 그저 진실하게 사랑하는 것이다. 매순간 진실하고 성숙한 빛의 자녀다운 사랑을 하려고 노력해라. 그러다가 언젠가 남자 친구의 마음이 열려서 당신이 소유한 복음에 대해 묻거든 그때 친절히 이야기해주어라. 복음은 말이 아니라 삶으로 전해진다는 것을 기억하자.

한 사람이 새로운 종교와 그 문화를 받아들이는 것은 결코 쉬운 일이 아니다. 더군다나 연인 관계를 통해서 전도하겠다니, 정말 어려운 일이다. 넌크리스천 애인을 전도하는 에너지는 언어도 안 통하는 오지의 한 부족을 섬기는 에너지와 동급이라는 이야기가 있다. 쉬운 일이 아니다. 그 남자가 넌크리스천인 것을 알고 시작했으니 이건 그대의 몫이다. 그대가 할 수 있는 일은 하나님과의 관계를 잘 유지하고 믿음을 지키면서 최선을 다해 그 사람을 사랑하는 것이다. 하나님과 이상한 삼각관계를 만들면 하나님에 대한 이미지는 점점 더 안 좋아질 것이다. 원래 연인 사이에 누군가 껴 있으면 그 사람은 눈치 없는 사람이 되고 미움을 받는다.

종교적인 배경이 전혀 없는 사람이 복음에 마음을 열려면 의식적으로, 무의식적으로 열여섯 번 정도 복음을 들을 기회가 있어야 한다고 한다. 당신은 열여섯 번 중 한 번의 살아 있는 메시지가 될 것이다. 지금 끝장을 보지 말고 성실히 사랑하면서 좋은 씨앗을 뿌리면 어떨까. 남자 친구가 이토록 불편해하는데 계속 하나님 이야기를 꺼내면 하나님은 사랑의 훼방꾼밖에는 안 된다. 남자는 사랑의 훼방꾼을 구세주로 받아들이고 싶지는 않을 것이다.

복음은 귀한 것이다. 당신의 잔소리에 복음을 담지 말고 성숙한 사랑 안에 복음을 담아내라. 그러면 복음에 대한 남자의 호감 지수는 조금씩 상승해갈 것이다.

남자 친구의 변심,
그러나 헤어지기 싫어요

Q 사귄 지 2년이 넘어갑니다. 저는 처음부터 이 사람과 결혼할 마음이 있었습니다. 그래서 헤어진다는 생각을 해본 적이 없어요. 그런데 그 사람 마음이 변했어요. 권태기인지 다른 사람을 좋아하게 된 것인지 정확하지는 않지만, 저에 대한 마음이 변한 것은 사실입니다. 계속 만나야 할까요?

A 사랑은 제 길을 가고 있다. 글쎄, 연인 사이에서 마음이 변한다는 것은 두 가지 의미로 접근할 수 있을 것 같다. 하나는 진짜 마음이 변한 것이 아니라 처음의 열정이 사라지고 상대 본연의 모습으로 돌아간 경우가 있겠다. 또 다른 경우는 정말로 상대에 대한 애정이 식은 경우다. 이 둘 중 어느 경우인지 모르겠으니 둘 다 이야기를 해보자.

첫째, 마음이 변한 것이 아니라 단지 원래 모습으로 돌아간 경우라면 일단 섣부른 이별보다는 사랑의 재해석이 필요하지 않을까. 연애 초기에 남녀는 열정적이다. 남자는 집이 인천이고 여자는 의정부인데도 매일 만나고, 만날 때마다 남자가 여자를 바래다준다. 여자는 종아리에 쥐가 나도록 하이힐을 신고, 바지를 입어도 시원치 않을 엄동설한의 계절에도 용감하게 미니스커트를 입는다. 남자는 눈이 충혈될 때까지 여자의 문자메시지를 받아준다. 하트 뿅뿅 날린 이모티콘만 서른 개가 넘는다. 연애 초반에 여자와 남자는 서로에게 아름다운 사랑을 제공하기 위해 최선을 다한다. 거의 '무한도전' 수준이다.

하지만 시간이 지나면 기운이 달린다. 힘이 든다. 호르몬 분비량은 감소한 지 오래다. 연애가 직업도 아니고, 할 일도 많고 피곤하다. 점점 정상적인 생활로 돌아간다. 의정부까지 오더니, 중간 지점인 종로3가쯤에서 헤어지는 적당한 타협을 시도한다. 여자는 슬슬 안경을 끼고 나오기 시작한다. 남자는 그녀가 렌즈를 끼는지도 몰랐는데 말이다.

한번은 강의를 가는데 남편이 운전을 해줬다. 머리 손질을 할 시간이 없던 나는 차 안에서 머리에 헤어롤을 잔뜩 말아 주렁주렁 달고 있었다. 남편이 주유소를 들르건 말건, 주유소 사장님이 쳐다보건 말건

꼿꼿하게 말고 있었다. 그런데 남편이 묻더라.

"당신, 예쁘게 보이려고 머리 그렇게 만 거야?"
"응."
"누구? 우리 차에서 내려서 만나는 다른 사람들한테 예쁘게 보이려
고?"
"그게…."

얼마나 미안하던지. 데이트 시절에 난 남편을 만나기 위해 머리 손
질을 했다. 어느 날은 예쁘게 보이려고 헤어롤을 머리에 말고 잔 날도
있었다. 자는 내내 어찌나 걸리적거리던지. 그런데 이제는 그 남자 앞
에서 우스꽝스럽게 헤어롤을 잔뜩 말고 있다. 다른 사람들한테 예쁘
게 보이려고 말이다. 결혼은 생활이니 어쩔 수 없는 것이지만 그날 상
당히 미안한 마음이 들었다.

사랑은 언제나 처음 그대로의 모습일 수는 없다. 변한다. 그리고 변
해야 사랑은 유지된다. 어떻게 언제나 꽃같이 예쁜, 햇살처럼 찬란한
사랑의 순간만을 소유할 수 있을까. 그러니 처음 몇 주, 몇 달을 기준
으로 변했다고 오해하지는 말자. 변하긴 했지만 당신에 대한 사랑이
변한 것이 아니라 사랑이 자기의 갈 길을 가고 있는 것이다. 만일 언제
나 처음의 열정만을 기대한다면 그가 아니라 당신이 탈선하고 있는
것이다.

만일 두 번째 경우라면, 보내줘야지 어쩌겠는가. 연애와 결혼은 다

르다. 연애는 선택의 자유가 보장되어 있다. 남자에게도 여자에게도 언제든 떠날 수 있는 자유가 있는 것이다. 연애는 진심으로 해야 한다. 하지만 결혼한 것처럼 서로를 구속해서는 안 된다.

변했다면 보내줘라. 결혼의 시작점에서 무한할 것 같던 핑크빛 사랑의 에너지도 결혼생활이 진행되면서 소비되고 고갈되는 지점에 이르기 마련이다. 그런데 시작점마저 서로를 향한 신뢰와 사랑이 없다면 무엇으로 결혼생활을 버텨나갈 것인가. 사랑한다면 상대에게 나를 선택하지 않을 자유도 주어야 한다. 변심한 상대에게 "언제까지나 기다릴 거야. 돌아올 것을 믿어. 당신은 지금 잠시 흔들리고 있는 거야"라고 말하는 신파, 나는 개인적으로 별로다. 자신이 그렇게 소중하지 않은가? 당신에게 전심을 줄 수 있는 사람에게 당신의 사랑을 허락하라. 그게 당신 인생에 대한 예의다.

"LOVE"

조금은
속상한
그 남자에게,
누나의 위로

결혼할 여자와
지난 과거를 공유해야 하나요?

Q 저는 연애를 좀 많이 한 편입니다. 결혼할 사람과 대화하다가 가끔씩 예전 애인들 이야기가 나올 때가 있어요. 그러다 보면 서로 캐묻게 됩니다. 솔직히 다 말하자니 좀 미안하구요. 또 말을 안 하자니 숨기는 것 같습니다. 과거에 대한 대화, 얼마나 해야 하나요?

A 과거에 대한 침묵은 때론 배려일 수 있다. 연인들 중 가끔 둘이서 놀다가 겁도 없이 '진실게임'을 하시는 분들이 있다. '정직'이라는 간판을 내걸고 아슬아슬 수위를 넘나드는 이야기를 한다. 그럴 때면 이 한 몸 희생하여 양팔을 벌린 뒤, 오른손으로는 남자의 입을, 왼손으로는 여자의 입을 살포시 막아드리고 싶다. 수위에 따라 신뢰감도 오르락내리락하며 롤러코스터를 타게 만드는 연인의 옛 애인 이야기. 아… 진실게임, 이 나쁜 게임.

결혼할 사이라면 정직해야 한다. 서로의 가정 배경, 재정 상태, 질병의 유무, 직업, 학력 등 전반적인 사항을 숨겨서는 안 된다. 그런데 한 가지 예외가 있는데 과거의 연인들에 대한 이야기이다. 과거의 그녀에게 편지를 100장 썼네 어쨌네, 세상에 둘도 없는 CC였네, 그 오빠만큼 나한테 잘해준 사람이 없었네 따위의 이야기들을 이제 와서 왜 지금의 연인에게 쏟아내는가 말이다. 정말 배려가 없다. 특히나 성경험에 대해서는 솔직하고 싶을 때, 또 상대가 정직한 대답을 원할 때 "그런 적이 있었다"라고 사실 유무만 깔끔히 이야기하면 된다. 언제, 어디서, 누구와, 왜, 어쩌다 등등의 이야기들은 안 해도 된다. 상대가 더 원한다 해도 '여기까지'라고 이야기의 선을 그어야 한다. 정리된 문제라면 더 이상 그 사건을 끄집어내지 않아야 한다.

상대는 당신의 이야기에 상상을 덧붙일 것이다. 그런 상상은 인간의 심리를 꽤 불쾌하게 만든다. 서로가 연약한 인간이라는 점을 인정하고 이상적으로 대하지 말자. 배우자의 과거 성경험 상대와 상황에 대한 스토리를 알고 난 뒤, 홀로 누운 저녁 시간에 머릿속에 자꾸 그려지는 괴로운 상상 속 장면에서 자유로운 사람은 없다. 만일 성경험에 대해 묻지 않거나 상관없어 한다면 아예 이야기를 꺼내지 않고 가도 무방하다고 생각한다. 무슨 고해성사도 아니고, 상대는 진실을 알고 싶어 하지 않고 상관없다 하는데 굳이 앉혀서 과거를 낱낱이 알려주는 것은 자기중심적인 행동이다. 과거를 시시콜콜 말하지 않는 것은 거짓이 아니라 배려이다. 당신은 털어놓고 나서 속이 시원할지 모르겠지만, 그때부터 상대는 괴로워지기 시작한다. 그런 짐을 연약한 인간에게, 그것도 당신을 좋아해서 결혼하려는 사람에게 지우지 말자. 관계를 건설적으로 만들어 나가야 한다. 과거는 과거에 두고 오라. 천국까지 가지고 갈 주님과 당신만이 아는 이야기를 당신 마음속에 하나둘쯤 넣어두는 것도 나쁘지 않다. 그걸 다 풀어헤쳐서 상대에게 고통을 주지는 않아도 된다.

예외적인 경우가 있다. 어려운 문제이지만, 성폭력을 당했거나 과거 연인과의 사이에서 특별한 사건이 있었던 경우는 좀 다르다. 모든 상황에 다 적용할 수는 없지만, 성폭력을 당한 경우 그 경험이 결혼생활 안에서 성관계와 부부 신뢰감에 영향을 미칠 수 있기에 남편의 적극적인 도움과 이해가 필요하다고 판단될 때는 털어놓아야 한다. 여기서 남성이 그 사실을 충분히 소화할 수 있는 영성과 인격, 정서적인 힘이 있는지가 매우 중요하다. 그리고 그 이야기를 한 뒤에는 반드시 상대가 전문가에게 결혼생활 안에서 일어날 수 있는 어려움에 대해 듣고 해결 방안을 제시받을 수 있는 기회를 가질 수 있게 해주어야 한다. 하지만 무계획적이고 속풀이 방식의 고해성사는 지혜롭지 못하다. 이런 과정은 개인에게 매우 고통스럽겠지만, 진실한 사랑의 힘이 과거의 사건에 승리의 깃발을 꽂는 경우가 많이 있다. 상처받은 여인을 보듬을 수 있는 좋은 남자들이 꽤 많이 있더라. 그러니 이런 상처로 그늘진 여인들이 사랑의 소망을 가지기를 응원한다.

이런 경우를 제외하고는 제발 말을 아끼자. 간혹 무용담 늘어놓듯 여성편력 혹은 남성편력을 자랑하시는 분들이 있는데, 자신의 무덤을 스스로 파는 거다. 과거에 대해 다 말하지 않는다고 정직하지 않은 것은 아니다. 사랑을 할 때에는 정직보다 배려가 필요한 순간이 있다. 진실게임을 할 때가 바로 그런 순간이다.

그 여자, 다시 붙잡고 싶습니다

Q 1년쯤 교제를 하다가 헤어졌습니다. 사귀는 동안 좋긴 했지만 성격이 잘 안 맞고 힘들어서 헤어졌습니다. 헤어진 후에 제가 그녀를 많이 사랑하고 있다는 것을 깨달았어요. 그런데 그녀는 이미 정리가 끝난 듯 보이더군요. 그녀를 다시 붙잡고 싶은데 어떻게 하지요?

A 그대, 무릎 꿇을 용기가 있는가. 헤어진 다음날은 참 힘들다. 얼얼하게 멍든 가슴이 얼마나 시렸던가. 이별은 쓰라리다. "아휴, 속이 다 시원하네" 하며 미련 한 점 남지 않는 이별이 얼마나 될까. 사랑은 추억을 남기고 추억은 과거의 문들을 열고 또 열게 한다. 그리고 그 문을 열고 들어가면 아팠던 사랑이 아름다운 장면으로 고스란히 남아 있다. 이상하게 뒤돌아보면 아름답고 아련하다. 인간이 가진 망각의 기능이란 참 놀라운 것이다.

지금까지 했던 상담 중에 '저 정도 각오면 돌아가도 되지'라고 생각했던 케이스가 딱 한 번 있었다. 남자는 상당히 있는 집안의 귀공자셨고 여인은 별 볼 일 없는 집안의 셋째 딸이었다. 둘은 결국 집안의 반대로 헤어졌다. 그리고 1년 후 여인은 선을 봐서 다른 남자와 연애를 시작하게 됐다. 마음으로 귀공자를 잊은 것은 아니지만, 어찌하다 보니 선 본 남자의 마음을 받아들이게 되었다. 귀공자는 지인들을 통해 여인의 새로운 연애 소식을 들었다. 그때까지 여인을 잊지 못하던 귀공자는 그 여인을 붙잡기로 결심한다. 그래서 1년 전에는 내지 못했던 용기를 낸다. 집안에 분명한 결혼 의사를 밝히고 물러설 수 없다는 의지를 피력했다. 그리고 여인에게 가서 "다시 돌아와라. 너와 다시 함께하고 싶다"라고 말했다. 여인은 이미 새로운 만남을 가진 터라 어렵다고 했지만, 남자는 "네가 사랑하는 사람은 나다"라고 드라마 속 남자주인공처럼 말했다. 여인은 결국 새 애인에게 이 사실을 솔직히 고하기에 이르고, 새 애인은 여인을 보내주었다. 빼앗은 점에 있어서는 윤리적으로 안타깝긴 하지만, 새 애인의 입장에서도 다른 남자를 마음에 품고 있는 아내와 사는 것보다는 나은 선택일 수 있었다. 그러고 나서 귀공자와 셋째 딸은 바로 결혼했다. 현실을 바꿀 만한 강한 의지가 있을 때, 돌아가는 것은 해볼 만한 시도이다. 돌아간다고 해서 모두 결혼해야 한다는 의미는 아니지만, 그저 그런 시원찮은 각오로 돌아가는 것은 안 돌아가느니만 못하다는 뜻이다.

헤어졌다는 것은 둘 사이에 극복하기 어려운 갈등 요인이 존재했다는 것이다. 그 갈등에 대한 해결 방안이 명확해지지 않은 채 감정적인 동요만으로 재회를 시도하는 것은 어리석다. 재회란 잊지 못해서 하는 것이 아니다. 재회는 이전의 갈등을 긍정적인 방향으로 전환할 수 있겠다는 판단이 들 때 가능하다. 그렇지 않으면 돌아가도 결국 갈등은 반복되고 다시 이별하게 된다.

이런 고민으로 사연을 보내는 분들이 정말 많다. "갑자기 그 사람에게서 연락이 와요. 잘 지내는지 궁금해서 했대요. 걱정돼서 했대요."

그래, 이별 후 인사, 한 번 정도 할 수 있다. 상대에게 축하할 일이 생겼거나 슬픈 일이 생겼을 때, 인사할 일이 있으면 깔끔하게 정중하게 인사할 수 있다. 원수는 아니니까. 그런데 그런 거 말고 묘하게 감정선을 흐리면서 은근슬쩍 끈적끈적하게 접촉을 시도하는 것은 개념 없고 매너 없는 행동이다. 실제로 관계를 어찌할 마음은 없으면서, 그때 그 순간의 감정의 격동을 참지 못해 끝내 전화를 걸고 마는, 문자를 보내고 마는 행동은 상대에 대한 예의가 아니다.

그럼, "헤어지고 나서 친구로 지낼 수 없나요?"라고 물을지도 모르겠다. 당연히 지낼 수 있겠지만, 여기에는 많은 조건이 필요하다. 일단 시간이 필요하고, 이별의 사유가 상호간에 평화로이 협의되었으며, 육체적 관계에 의한 상처가 없고, 서로가 친구로 지내는 것을 원할 만큼 둘 다 정서적으로 건강할 때 가능하다.

제발 미련 때문에, 그저 한 번 보고 싶어서 상대를 흔들지는 말자. 잘 지내는지 궁금해서 자꾸 찔러보지 말자. 당신이 연락하기 전까지는 잘 지냈는데, 당신이 연락하는 순간부터 잘 못 지내기 시작할 가능성이 높다. 그대가 연락하지 않아도 영원히 잘 지낼 것이다. 행동으로 책임질 수 있는 반경을 벗어나는 감정의 선을 넘지 않는 것이, 성숙한 인간이 사랑했던 사람에게 해야 하는 도리이다.

많은 사람들이 헤어진 연인이 연락을 해와서 마음이 또 다시 아프다고 하소연한다. 미련 때문에 그냥 연락했는데 상대는 아프다.

이제야 그녀에 대한 사랑을 깨달아 그녀를 붙잡고 싶다고 하셨다. 그렇다면 현실적으로 어떤 변화를 추구할지 계획하고 결심하라. 그리고 가서 무릎을 꿇고 정중하게 구애하라. 결과는 알 수 없지만, 진실로 돌아가고 싶다면 이 정도는 해야 한다. 무릎 꿇을 용기가 없으면 그냥 각자 갈 길 멋지게 가자. 돌아가봐야 별 볼 일도 없고 달 볼 일도 없다.

매일 싸우는데,
정상적인 관계가 맞나요?

Q 우린 매일 싸웁니다. 정말 농담이 아니라 단 하루도 거르지 않고 싸웁니다. 화해할 때도 미안하다고 하면 여자 친구가 "뭘 잘못했는데?" 하면서 따지고 듭니다. 너무 짜증납니다. 그래서 화해하다 또 싸웁니다. 이게 정상적인 관계가 맞나요? 연애할 때 싸움을 막을 현명한 대처법은 무엇인가요?

A 서로를 자극하는 소재가 무엇인지 파악하라. 모든 커플은 갈등과 긴장을 가지고 있다. 각자의 성격과 의사소통의 스타일에 따라서 갈등과 긴장이 표현되고 드러나는 양상이 다를 뿐이다.

가끔 사람들이 묻는다. "이런 강의를 하시면 부부싸움은 안 하시겠어요." 이 얼마나 싸움에 대한 오해인가. 전혀 안 싸우는 커플은 건강한 커플이 아니다. 잘 싸우는 커플이 건강한 것이다. 너무 다른 남녀 둘이 만나서 그 어려운 사랑이라는 것을 해보려고 아등바등하는데, 어찌 싸움이 나지 않을 수 있을까. 사랑은 우리의 본성과 상당히 다른 성질을 가지고 있는데 어찌 안 싸울 수 있는가 말이다. 물론 둘 다 성품이 너무 좋아서 싸우지 않고도 갈등을 표현하고 해소할 수 있다면 정말 좋겠지만 거기까지 가려면 긴 성숙의 기간이 필요하다. 그러므로 남녀는 그 경지에 이르기까지 잘 싸우는 기술을 배우고 익혀야 한다.

나 혼자 'DB1 전략'이라고 부르는 싸움의 기술이 있다. 풀어서 말하자면 'Down&Back 1도' 전략이다. 남녀가 서로 싸울 때 절대 건드리면 안 되는 선이 있다. 물은 99도까지는 물인 상태로 있다가 100도가 되면 끓기 시작하면서 수증기로 변한다. 물을 끓이기 위한 마지막 1도가 인간의 감정에도 있다. 한 마디만 덜 하면 될 것을, 그 말을 기어코 내뱉고야 마는 바람에 상대는 폭발한다. 마지막 1도를 자극한 것이다. DB1 전략은 이 마지막 1도를 올리지 않는 작전이다. 싸움이 치열해지고 감정이 격해지면 이성을 잃고 할 말 못할 말을 가리지 않는다. 이때 감정선을 지키지 못하고 막말을 하게 되면, 막말이 준 상처의 여운이 오래간다. 어떨 때는 싸움의 사안보다 싸우는 과정에서 오고 가는 말이 서로에게 더 깊은 상처를 주기도 한다. 결국 장기적으로는 서로에 대한 신뢰감과 친밀감을 갉아먹는 어리석은 행동이다. 그래서 DB1 전략이 필요하다. 일단 감정이 격해진다 싶으면 감정을 1도 Down 한다. 그리고 한 발짝 뒤로 Back. 감정을 1도 가라앉히고 한 발짝 뒤로 물러나면 현명하게 싸울 수 있다.

매일 싸우는 것은 정말 피곤한 일이다. 무엇이 서로를 자극하는지 허심탄회하게 대화를 나누어보라. 상대가 어떤 말을 싫어하고 어떤 행동을 싫어하는지 이야기를 들으며, 당신 편에서 개선할 것들을 적극적으로 고려한다면 3-4일에 한 번으로 싸우는 횟수가 점점 줄어들 것이다.

둘 사이에 일어나는 갈등에 절대적인 것은 없다. 대부분이 내가 그 일을 문제 삼기 때문에 싸움의 소재가 되는 일이 많다. 중년부부들의 싸움에서 단골로 등장하는 말이 하나 있다. "당신은 그게 말이 된다고 생각해? 길을 가는 사람 열을 붙잡고 물어봐. 당신같이 생각하는 사람이 있나."

이 얼마나 자기중심적인 관점인가. 실제로 길 가는 사람 열을 붙들고 물어보면 다르게 생각하는 사람이 많을 것이다. 외도, 도박, 거짓말, 이런 종류가 아닌 문제는 대부분 내가 그것을 문제 삼기에 문제가 되는 경우가 많다.

미안하다는 그대의 사과에 여자 친구가 "뭘 잘못했는데?" 하고 짜증 나게 반응한다 하셨다. 여자들이 남자들의 미안하다는 말에 "뭘 잘못했는데?"라고 묻는 이유는 남자의 사과에 영혼과 마음이 담겨 있지 않다고 느껴질 때이다. 남자들이 진심으로 외치는 "미안해"가 여자들에게 진심어린 마음으로 전해져야 한다. 눈물 이모티콘 10개 정도는 쏴주거나, 눈을 진지하게 바라보면서 최대한 감정을 실어 천천히 미안하다고 말해야 한다. 여성은 미안하다는 말을 귀로 듣지 않고 감각으로 듣는다.

모쪼록 두 분 사이의 싸움이 건강한 방향으로 전환되길 바란다. 일주일간 손바닥에 'DB1'를 써서 다녀보자. 만약 싸움이 시작되면 손바닥을 펴서 보고 Down&Back 하자. 그러면 끓기 직전의 마지막 1도는 건드려지지 않을 것이고, 상대는 당신이 이상해졌다며 무안을 줄 것이다. 그래도 물러서지 않고 다섯 번의 위기만 넘겨준다면 둘 사이에 다른 기류가 흐르기 시작할 것이다. 행운을 빈다.

P.S. 여자들이여, 남자가 미안하다고 했으면 "뭘 잘못했는데?"라고 쏴붙이지 말자. 남자는 최선을 다했을 가능성이 많은 데다가 상당히 무안해지고 다시 화가 난다.

외로움이 지긋지긋해서
결혼하고 싶어요

Q 제가 결혼을 하려는 이유 중에 하나는 외로움이 지긋지긋해서입니다. 저도 행복하고 싶어요. 그런데 결혼한 사람들이 외롭다고 말하는 게 이해되지 않습니다. 결혼했는데 왜 외롭나요? 같이 살고, 같이 자고, 밥 먹고, 아기도 낳고 그러잖아요. 정말 결혼해도 외롭나요?

A 그 생각으로 결혼하면 괴로워질 것이다. SNS 세상에서 펼쳐지는 많은 이야기들 중 왜곡된 이야기가 하나가 있는데, 바로 결혼생활에 대한 이야기이다. 한밤중에 SNS 세상에서는 어떤 일이 벌어지고 있을까. 밤 11시, 침이 꼴깍 넘어가게 만드는 군만두와 샐러드 사진이 업로드되면서 '아내가 차려준 야식, 여봉봉 고마워'라는 멘트가 달린다. 돌쟁이 아기가 터질 듯한 볼로 웃어대는, 정말 못 견디게 귀여운 사진 밑에는 '내가 받은 최고의 선물, 우리 하영이'라는 문구가 달려 있다. 촛불 하나 밝힌 티라미수 케이크 사진 밑에는 '결혼한 지 1년째 되는 날입니다. 내일은 오늘보다 더 사랑할게요. 지켜봐주세요, 여러분' 요런 글이 달린다. 내가 지금 누구 사랑 지켜볼 처지가 아니건만, 그렇게 지켜봐달라고 아우성이다.

사람들이 SNS를 통해 가장 많이 느끼는 감정이 '불행감'이라고 한다. 문제없이 행복해 보이는 사진들이 보내주는 '우린 행복해', '외롭지 않아', '최고야', '멋있어', '살 만해', '나, 재미있게 살고 있어', '돈도 잘 벌어'라는 메시지들이 상대적 박탈감을 불러일으킨다. 그런데 사람들 모두 정말 그렇게 행복할까? 나는 아니라고 생각한다. SNS에 알콩달콩 데이트 사진을 올린 지 5분도 되지 않아 대판 싸우고, 웃기만 하던 하영이 역시 5분만에 목에 핏줄 서게 울어댄다. 군만두 야식 때문에 다음날 아침 속이 더부룩하고, 티라미수 케이크가 살짝 맛이 가서 장염에 걸린다. 모두가 다 보이는 것만큼 행복하지 않다. 좀 더 정확히 표현하자면 보이는 행복만큼 삶의 고민도 문제도 외로움도 여전히 존재한다는 것이다. 왜냐하면 인생은 외로움을 놓아주지 않기 때문이다. 결혼이 인생의 일부이기에 외로움 역시 우리 인생의 배를 탄 운명적인 존재이다.

만일 당신이 '결혼하면 절대 외롭지 않을 거야'라는 생각과 그에 대한 기대를 가지고 결혼한다면 굉장히 불행해질 것이다. 앞에서 말한 것처럼 결혼은 인생 안에 있고 인생은 외로움을 꼭 붙잡고 있기 때문이다. 우리는 죽을 때까지 이 외로움을 잘 다루면서 살아가야 한다. 결혼해도 인간의 존재가 감당해야 하는 '외로움'이라는 과제는 끝까지 남는다.

결혼해서 외롭다는 것은 그들이 결혼생활을 잘 못하고 있다는 뜻이 아니다. 인간이 외로운 것은 당연하다. 단, 아무래도 결혼을 하면 짝꿍이 생기고 귀여운 아기도 생기니 싱글 때의 외로움과는 성격이 좀 달라지는 것 같다. 그런데 덜 외로워지는 대신에 더 괴로워진다고나 할까. 장담하건대 진정으로 열심히 서로 사랑하는 부부는 대개 상당히 괴로운 시간을 보낸다. 두 사람이 사랑 좀 해보겠다고 나섰는데, 어찌 그것이 순탄한 길이 될 수 있겠는가. 아내가 좌하면 남편은 우하고, 아내가 내려가자 하면 남편은 올라가자 하고, 아내가 국을 먹고 싶으면 남편은 빵이 먹고 싶고, 아내가 드라마를 보고 싶으면 남편은 축구를 보고 싶다.

충돌은 일상이 된다. 그러나 서로 사랑하는 부부는 그것이 관계의 균열을 가져오지 못하도록 열심히 사랑으로 충돌 부위를 수리하고 보수한다. 사랑을 이루어가는 과정은 벅차고 힘겹고 괴롭다. 결혼은 외로움이 없어지는 꿈과 환상의 나라가 아니라, 너와 나의 실체를 만나 비로소 진짜 사랑을 하면서 더불어 성장해가는 치열한 생활의 현장이다.

그러니 결혼이 외로움을 해결해줄 것이라는 막연한 기대를 버리고 지금 이곳에서 당신의 외로움을 대면해 잘 다루는 연습을 하기 바란다. 내가 누군가를 외로움에서 완전히 구해줄 수 없듯이 상대도 그렇다. 그런데 외로움이 꼭 나쁜 것만은 아니다. 외로움은 생각과 창조의 에너지가 되기도 하고, 인간이 사랑이 필요한 존재라는 사실을 인지시켜 주기도 한다. 그러니 때때로 외로움의 손을 잡고 걷는 것도 나쁘지 않다.

명품 가방은 언제쯤 사줘야 할까요?

Q 요즘 여자들은 명품 가방을 좋아하는 것 같습니다. 여자 친구를 3개월 정도 만나고 있는데 그녀도 은근히 선물을 바라고 있는 것 같습니다. 안 사주면 삐칠 것 같구요. 제가 능력 없는 남자처럼 보이는 것은 싫은데, 솔직히 가격이 부담스럽습니다. 명품 가방, 언제쯤 사줘야 할까요?

A 여자 친구의 가치관을 알 수 있는 기회다. 〈청담동 앨리스〉라는 드라마가 있었다. 이 드라마의 첫 장면에 명품을 만드는 회사의 회장인 차승조가 이런 대사를 한다. 너무 길어 다 옮기진 못했다. 핵심적인 대사라고 생각하는 것만 옮겨본다.

전 세계 여성들은 왜 명품에 열광할까요? 프랑스 여성들은 전통과 가치를 따져 명품을 사고, 일본 여성들은 소속감 때문에 삽니다. 남들 다 있는데 나만 없으면 튀어 보이니까. 그렇다면 우리나라 여성들은 어떨까요? 한국 여성들은 남들과 차별화되려고 명품을 삽니다. … 우리나라 여성들은 무슨 차별화를 추구하는 걸까요? … 내가 말하는 차별화라는 건 오로지 가격, 가격이에요. … 남자 등을 쳐서 사기까지 합니다. … 어차피 우리가 파는 것은 명품이 아닙니다. 우리가 파는 건 공포입니다. 값이 오르면 오를수록 명품 가방이 없는 나만 후진 것 같고, 나만 못나 보이고, 나만 뒤처지는 것 같은, 바로 그 공포 말입니다. 우리가 만드는 명품은 오늘보다 내일 더 비싼 브랜드여야 합니다.

나는 이 대사에 상당히 공감했다. 당신은 그녀의 가치관과 대치 중이다. 여자 친구가 명품 가방을 사주는 것을 당연하게 생각하고 그것을 간절히 원한다면 이제 더 이상 사주고 안 사주고의 문제가 아니다. 그녀가 어떤 가치관을 가지고 살아가는 여자인가에 대한 질문이 나와야 하는 시점이다. 연인이 어떤 가치관을 가진 사람인가는 두 사람의 연애에 막대한 영향을 미친다.

개인의 가치관은 그 사람이 만나는 친구들이 어떤 사람들인가에 많은 영향을 받는다. '맹모삼천지교'라는 말을 알 것이다. 맹자의 어머니는 맹자의 교육을 위해 세 번 이사했다. 주변 환경이 한 인간에게 미치는 영향력은 대단한 것이다.

나는 네 살짜리 아들을 가끔 강의에 데리고 간다. 그런데 어느 날 집에서 한 손에는 레이저 포인터를, 한 손에는 장난감 마이크를 들고 뭐라고 얘기하면서 놀고 있는 게 아닌가. 녀석이 강의놀이를 하고 있었던 것이다. 아이들은 보고 듣고 경험한 세계를 모방하며 논다. 환경은 큰 영향을 미친다.

당신의 여자 친구가 노골적으로 명품을 원한다면 그녀의 노는 환경을 탐색해보아라. 요즘은 카페가 정말 많다. 카페에서 삼삼오오 모여 수다를 떠는 여자들의 이야기를 지나가면서 슬쩍슬쩍 들어보아라. 테이블마다 이야기의 주제가 다르다. 가십거리를 중심으로 한 신변잡기, 이 경쟁 사회에서 어찌 살아갈 것인가 하는 취업 걱정, 별다른 대화 없이 각자 스마트폰 갖고 놀기, 정치와 사회에 대한 열띤 토론, 어젯밤에 갔던 클럽의 분위기, 처음부터 끝까지 네 남친과 내 남친에 대한 이야기…. 당신의 여자 친구는 어떤 카테고리의 테이블에 앉으면 어울릴 여자인가?

보통 남자 친구에게 명품을 원하는 여성들은 주변 친구들이 이미 남자 친구에게 명품을 받은 경우가 많다. 그녀가 노는 물에서는 그것이 너무나 당연한 일이다. 반대로 남자 친구와 아무리 오래 사귀어도 명품 가방을 선물받는 것을 당연시 여기지 않는 여자들도 정말 많이 있다. 명품 가방을 사달라는 여자 나쁜 여자, 안 사달라는 여자 좋은 여자라는 식의 단순논리로 말하는 것이 아니다. 그저 여자의 요구를 통해 그녀의 환경과 가치관을 객관적으로 살펴보라는 것이다. 앞으로도 쭉 같이 갈 여성인지 아닌지를 선택하는 데 중요한 기준이 될 것이다. 여자들은 친구 무리가 잘 바뀌지 않는다. 그녀의 친구들은 결혼을 하면 예물로도 명품을 받을 것이고 임신 축하, 결혼기념일, 첫 아이 출산, 돌잔치… 절기마다 새로운 명품이 등장하게 될 것이다.

명품 가방을 사달라는 그녀는 심성이 매우 착한 여인일 수 있다. 하지만 그녀의 환경이 바뀌거나 아니면 그녀가 혁명에 가까운 내적인 변화를 경험하지 않는 한 아마도 명품에 대한 욕구는 변하지 않을 것이다. 그러므로 당신은 그녀를 사랑한다면 영원히 명품을 사다 바쳐야 할지 모르겠다. 언제부터 연인 사이에서 고가의 선물이 오고가는 것이 문화가 됐는지 모르겠다. 마음 한켠이 쓸쓸하다. 사랑은 솜사탕 하나를 나누어 먹으며 벗꽃 길을 걷는 것만으로도 너무나 달콤하고 충분히 아름다운 것이 아니었던가.

우리 가족을 최우선으로 두는
여자를 만나고 싶어요

Q 저는 가족을 언제나 우선순위에 두는 여자와 결혼하고 싶습니다.
저는 우리 집 가장이거든요. 결혼 후 아내가 시댁 일에 관심이 없고,
시댁에 가기 싫어해서 분란이 나는 가정을 보면 겁이 납니다. 모두가
가족이니까 편안하게 어우러져서 살면 좋겠습니다. 어떻게 하면 결혼
후에도 그렇게 할 수 있을까요?

A 전쟁 겪지 말고 화려한 싱글로 살아라. 이런 생각을 정말 오랫동 안 가져왔거나 앞으로도 이런 생각에 변화를 줄 생각이 없으시다면 그냥 혼자 사시는 것이 좋을 것 같다. 지금 그대는 결혼에 대해 단단히 오해를 하고 있다. 결혼은 여자가 당신의 집으로 오는 것이 아니다. 결혼은 피차 서로의 지각변동이다. 당신의 텃밭 위에 예쁜 나무 한 그 루를 추가로 심는 것을 결혼이라고 생각하면 큰 오산이다.

모두가 가족이라 하셨다. 그리고 그녀가 당신의 가족을 언제나 우 선시했으면 좋겠다는 소망을 밝히셨다. 그렇다면 그대도 처가에 그리 하겠는가? 그 무엇보다 처가의 일을 우선으로 하시겠는가? 그래서 당 신도 황금 같은 연휴나 주말 밤에 만사를 제쳐두고 처가에 가서 갱년 기 우울증에 시달리는 장모님과 고스톱을 치면서 한판 놀아드릴 생각 이 있는가 말이다.

결혼은 독립으로부터 시작한다. 결혼할 때 남자와 여자는 각자의 원 가정을 정서적으로 떠나야 한다. 이제 제1소속은 엄마 아들이 아니 다. 그 여자의 남편이다. 이게 순서다. 결혼은 이 순서를 받아들이겠 다는 것을 의미한다. 검은 머리가 파뿌리가 될 때까지 그녀를 제1순위 에 놓는 것이 결혼이란 말이다. "저의 아내가 되어주세요"는 '이제부 터 당신을 그 어떤 순간에도 저의 제1순위에 놓으려 합니다. 제1순위 가 되어주시겠습니까?', '엄마 미안해. 그동안 고마웠어'라는 뜻이다.

한국 사회가 정말 많이 변했지만, 남성중심적이고 가부장적인 가족 의 분위기와 남녀의 성역할에 대한 인식은 좀처럼 변하지 않는다. 아 이가 놀이터에서 놀다가 옷이 더러워지면 사람들은 무심코 이렇게 말한다. "에구, 옷이 지지 됐네. 가서 엄마한테 '갈아입혀주세요' 해."

왜 아이 옷은 엄마가 갈아입혀야 하는가? 아빠는 손이 없나, 발이 없나. 한여름 밤 11시에 남자들이 치킨집에 모여 앉아 왁자지껄 생맥주에 닭다리를 뜯고면, 사람들은 그 장면을 보며 '와, 시원하고 맛있겠다. 나도 먹고 싶다'라고 생각한다. 그들을 보면서 '아니, 이 시간에 애는 어쩌고 남자들이 술을 마셔?'라고 빈정대는 사람은 없다. 하지만 육아에 지친 엄마들이 스트레스를 풀고자 한 달 전부터 친구들과 날을 잡고, 남편을 구워삶아 일찍 귀가해달라고 부탁하고, 미리 아이를 목욕시키고, 저녁을 먹이고, 재우고, 남편 비위 맞추고 나와서 드디어 생맥주를 한 모금 들이켤 때, 사람들은 '저 여자들은 애는 어디다가 내팽개치고 나와서 이 시간에 몰려다니며 술을 마신대? 요즘 것들은 정신머리가 없다' 하며 열 명 중 다섯은 욕을 한다.

성역할에 대한 인식이 이렇게 고착되어 있다. 당신은 그녀가 결혼을 하면 무엇을 해야 한다고 생각하는가? 또 당신은 무엇을 할 계획을 가지고 있는가? 당신 가족을 우선순위에 놓고 싶다고 생각하는 것은 여자가 결혼 안에서 종속적인 존재이며, 기존 세대가 부여해준 성역할을 저항 없이 받아들이고 성실히 수행할 것을 기대한다는 의미이다. 당신은 틀렸다.

결혼은 한 가정을 꾸린 두 사람이 동등한 동반자가 되어 항해를 시작하는 것이다. 아내는 당신 어머니가 30년 동안 타고 있던 배에 올라 미처 다 깁지 못한 그물을 함께 깁는 조연이 아니다. 생각에 변화를 가져오기 바란다. 만일 끝까지 원가정에서 정서적으로 떨어져 나올 생각이 추호도 없다면, 괜히 애먼 여자 데려다가 〈사랑과 전쟁〉 찍지 말고 화려한 싱글로 사는 게 어떨까. 진심으로 하는 말인데 그게 당신이 행복할 수 있고 미래의 그녀도 행복해질 수 있는 길이다.

데이트 할 때마다
돈이 너무 많이 듭니다

Q 데이트를 하면 좋기는 한데요, 돈이 많이 듭니다. 밥 먹고 차 마시고 영화 보면 데이트 한 번에 5-6만원은 우습게 나갑니다. 솔직히 부담스러운데, 어떻게 데이트 비용을 책정해야 할지 모르겠습니다. 그리고 생일, 화이트데이, 크리스마스 이런 시즌은 돈이 더 많이 들고요. 적절한 비용은 얼마 정도일까요?

A 돈이 아닌, 시간을 함께 쓰는 데이트를 하라.

희석은 직업 특성상 회사에서 지원해준 외제차를 타고 다녔다. 소개팅에서 만난 혜진은 희석이 꽤 부자인 것으로 오해했다. 희석은 그 오해가 싫지 않았다. 뭔가 있어 보이는 남자인 것 같았기 때문이다. 그래서 더욱 소비적인 데이트를 했다. 하지만 희석은 실제로 그저 평범한 직장인에 불과했다. 그러나 체면 때문에 데이트를 할 때마다 과소비를 하게 되었다. 카드빚이 불어났다. 그래서 적자 상태를 만회하고자 주식을 했는데 그 역시 망했다. 결국 빚은 두 배가 되고 여자 친구와는 헤어지게 되었다. 한 번의 연애가 '몇 천만 원의 부채'라는 슬픈 추억을 남기면서 끝이 난 것이다.

이렇게 극단적인 경우는 아니더라도, 많은 이들이 데이트를 할 때 본인들의 재정 상태를 말하지 못해서 혼자 끙끙 앓는다. 데이트가 어느 정도 진행이 되고 친밀함이 형성되는 시기가 오면 남녀는 서로의 재정 상태를 공개할 수 있어야 한다. 그래서 재정 상태에 무리가 가지 않는 범위 안에서 배려하면서 너도 내고 나도 내는 문화가 필요하다.

나는 여성들이 남자 친구에게 무슨 데이, 무슨 기념일 하면서 고가의 명품 가방이나 구두와 같은 선물을 기대하고 요구할 때 정말 안타깝다. 여자의 친구들이 너무나 아무렇지도 않게 그런 선물을 당연하게 받아야만 하는 것으로 생각하고 있을 때는 더 꼴불견이다.

"영숙아, 오늘이 오빠랑 사귄 지 1주년이라며? 뭐 받았어? 큰 거 받았 겠네? 자넬? 부찌? 너네비똥?"

"어? 그냥… 뭐… 우린 그런 거 안 했는데…."

"뭐? 웬일이야. 남자 친구가 너 좋아하는 거 맞어? 그런 건 받아내야지."

사귄 지 1주년 기념 선물로 작은 목걸이를 받은 영숙이, 좀 전까지 만 해도 목에 걸린 그의 사랑에 행복했건만, 친구의 등쌀에 속이 상하 고 만다. '내가 잘못했나?'라는 생각도 들고 괜히 남자 친구에게 섭섭 한 마음도 든다.

남자 친구에게 명품 선물을 받았냐고 묻고, 받아내기를 촉구하는 자매님들, 언제부터 사랑의 진심이 명품을 타고 왔던가. 우리 정말 이 러지 말자. 물론 남자들이 여자에게 요구할 때도 마찬가지이다.

나, 명품 좋아한다. 엄밀히 말하면 진정한 명품이 가진 가치, 장인 들의 정신이 멋있다고 생각한다. 그런데 명품을 들고 다니는 사람들 중엔 별로 근사해 보이지 않는 분들도 있다. 애인에게 사랑을 대가로 받은 명품이라던가, 부모님 등골 빼서 받은 명품 같은 건 안 멋있다.

요즘 엄마들은 대학에 입학하는 자녀들에게 명품 가방 하나쯤은 꼭 사준다고 한다. 모두 가지고 있으니까, 우리 딸만 안 메고 다니면 안 되니까. 이런 소비 중심의 가치관이 데이트에서도 묻어난다. 좋은 데 가고 맛있는 걸 먹으면서 돈을 쓰고 또 쓴다. 꼭 돈을 많이 써야 즐거 운 데이트일까. 만남에 있어서 돈 아닌 시간을 쓴다는 개념을 생각하 게 해준 글이 있어 소개하고 싶다.

1997년 무렵이던 그때, 우리는 한 달 평균 65만 원 정도로 생활했다. 돈 대신 시간을 쓰기로 했기 때문에, 사람을 만날 때 밖에서 만나지 않고 집으로 초대해 같이 밥 먹고 이야기했다. … 시골로 이사 간 후로는, 매일 산에 다니고 텃밭도 가꾸며 놀았다. 더없이 좋았고 따로 돈이 드는 일도 아니었다. 여전히 사람들을 집으로 초대해 만나고, 그렇게 오는 손님에게 텃밭 구경, 산 구경 시켜주는 재미도 좋았다. 돈을 쓰지 않고 시간을 쓴다는 의미를 진정으로 체험했던 시기다.

_양혜원, 《교회 언니, 여성을 말하다》

돈보다 시간을 함께 쓰는 연인들, 얼마나 멋질까. 함께 걷고, 자연을 즐기는 소박한 데이트. 지하철 타고 한 번도 안 가본 동네를 구경해 보고, 산에 함께 오르며 인생을 이야기할 수 있는 데이트, 그런 데이트가 진정한 삶의 동반자를 만나게 해주는 것이 아닐까. 데이트에서 돈이 아닌 시간을 쓴다는 의미를 많은 연인들이 되새겨보면 좋겠다. 결국 배우자란 인생의 남은 시간을 함께 쓰면서 나이 드는 관계니까 말이다. 돈이 아닌 시간을 쓴다. 정말 근사하지 않은가.

얼굴만은 포기 못 하겠습니다

Q 외모를 포기 못하는 30대 남자입니다. 머리로는 인격과 성품이 중요하다 생각하는데, 막상 여자를 만나면 외모를 포기하는 것이 쉽지가 않습니다. 외모는 정말 부질없는 것인가요? 저도 노력해봤습니다. 소개로 누군가를 만나 무척 애를 써봤는데도 감정이 생기질 않더라구요. 이게 극복 가능한 부분일까요?

A 끌리는 여자와 삶에 필요한 여자. 사람마다 다른 것 같다. 한 남자의 가치관, 세계관, 결혼관, 이성관, 인격의 힘에 따라 극복이 가능한 사람도 있고, 결코 안 되는 사람도 있다. 나는 남자들이 여자들의 외모를 중요시하는 것을 터부시하는 사람은 아니다. 그들의 그런 특성을 존중하고 인정한다.

그런데 '외모를 포기하지 못하는 것'과 '외모를 중요하게 생각하는 것'은 다르다. 남자들은 다 외모를 중요하게 생각한다. 그런데 외모를 중요하게 생각하는 것과 그렇기 때문에 죽어도 포기 못하는 것은 다르다. 외모를 절대 포기하지 못한다는 입장에는 함정이 따른다. 만일 죽어도 외모를 포기하지 못하겠다는 남자 앞에 자신이 기대하는 외모의 여성이 나타났다고 가정해보자. 어떤 불상사가 벌어질까.

그는 그녀의 외모 외에는 아무것도 눈에 보이지 않는다. 볼 수가 없다. 보려고도 하지 않는다. 보아야 한다는 것도 모른다. 30년 후에는 쪼그라들 그녀의 우윳빛 피부에 눈이 먼다. 아이 둘 낳고 나면 거의 잃어버릴 확률이 90퍼센트인 그녀의 잘록한 허리에 반해 그녀가 어떤 여자인지는 알아볼 생각조차 하지 않는다. 이런 식으로 많은 남자들이 10년 후면 없어질 그녀의 잘록한 허리에 자신의 인생을 건다.

결혼이란 잘록한 허리에 걸기에는 너무 무거운 것이다. 때로 결혼을 끝나지 않을 허니문으로 생각하는 분들을 만난다. 정말 어쩌려고 그러시는지 모르겠다. 그래서 나는 남자들에게 권한다. 외모를 포기하지 않아도 좋다. 어려운 일일 테니까. 하지만 적어도 어떤 여자에게 반해서 결혼하고 싶다면, 그녀에게 최소한 그대의 인생에 필요한 이

기적인 이유 두 개 정도는 있어야 한다. 그것이 그대의 인생에 대한 예의다. 그녀가 줄 수 있는 사랑은 가늠하지 않고, 예쁜 그녀를 소유하고 싶어서 선택한다면 그건 자신의 인생에 대한 무례함이다.

나는 구두를 정말 좋아한다. 엄마의 영향인지 모르겠다. 멋쟁이셨던 엄마는 나에게 언제나 패션의 완성은 구두다, 구두의 옆라인만큼 아름다운 선은 없다, 이런 감각적인 말씀을 많이 하셨다. 그래서 그런지 나도 구두를 좋아하고 잘 만들어진 구두를 보면 아름다운 작품이라고 생각할 때가 많이 있다. 그리고 좋아하는 만큼 욕심도 크다.

스물아홉 살 때였다. 중앙아시아의 키르기스스탄이라는 나라를 여행한 적이 있다. 우리나라와는 거리가 상당히 먼 나라여서 문화 역시 더욱 이국적으로 느껴졌다. 그런데 어느 날 작은 구둣가게에서 우리나라에서는 한 번도 본 적이 없는 아름다운 디자인의 구두를 발견했다. 아주 높은 핑크빛 웨지힐이었는데, 말 그대로 예술이었다. 신어봤다. 너무 예쁜데 굽이 높아서 몸이 앞으로 쏠렸다. 뭔가 불편했다. 하지만 이 세상에 유일한 것 같은 디자인, 매혹적인 느낌에 저항하기가 어려웠다. 게다가 다시는 이런 구두를 만날 수 없을 것 같은 불안감은 나의 이성을 마비시켰다. '내가 언제 또 여기를 와보겠어. 이건 절체절명의 기회야.' 너무 예쁜 구두니까 나를 그 구두에 맞춰보고 싶었다. '나는 신다보면 적응되겠지, 편안해질 거야'라고 스스로에게 속삭이면서 선택을 합리화했다. 결국 그 구두는 나와 함께 한국으로 왔다. 그리고 한국에 와서 몇 번 그 구두를 신었으나 도무지 적응할 수가 없었다. 신을 때마다 물집이 잡히고, 몸이 앞으로 쏠리고, 종아리에 쥐가 날 지경이 되었다. 결국 눈물을 머금고 착화를 포기했다. 그리고 결혼을 하면서 그 구두는 정리대상 1호가 되었다.

무언가가 예쁘다는 것, 디자인이 근사하다는 것은 때로 기능적인 면을 고려하지 못하게 할 만큼 강력한 매력의 에너지를 지닌다. 지갑도 안 들어가는 기가 막히게 예쁜 미니 클러치백, 100미터만 걸어도 발가락이 욱신대는 하이힐 같은 것이 여자들에게 그렇다. 남자들의 실크넥타이는 또 얼마나 중요한 아이템인가. 하지만 웬만한 남자들은 긴장이 풀리면 넥타이부터 풀더라. 매력적인 것과 편안한 것, 예쁜 것과 나에게 정말 필요한 것은 일치하지 않을 때가 많다. 구두나 가방이 그런데 사람은 오죽할까. 비교할 수도 없는 대상이다.

남자들은 끌리는 여자와 필요한 여자를 분간할 수 있어야 한다. 1년만 행복하고 나머지 40년은 고독하게 보내고 싶지 않다면 이 갈림길에서 이정표를 잘 바라보아야 한다. 결혼이란 함께 걷지만 또 혼자 걷는 길이기도 하다. 그래서 손 잡아주는 좋은 동반자가 있어야 굽이 굽이 돌고 돌 수가 있다. 선택은 당신의 몫이지만 많은 것을 신중히 고려하는 지혜가 당신의 두 눈에 담기기를 응원해보겠다. 구두는 버리면 그만이지만, 배우자는 그럴 수 있는 존재가 아니다.

여자 친구가 저의 폭넓은
인간관계를 싫어합니다

Q 저는 친구들이 많아요. 어울려서 노는 게 생활화되어 있고, 저도 좋아합니다. 그래서 여자 친구도 같이 어울려서 만나곤 합니다. 그런데 여자 친구가 그 문화를 싫어합니다. 그런데 둘이 만나면 특별히 할 것이 없어요. 같이 어울려 놀면 대화거리도 많고 좋은데, 어찌해야 할까요.

A 연인에게 '둘만의 시간'은 당연한 것 아닌가. 어릴 적 내가 살던 집은 2층으로 지어진 한옥이었다. 위층엔 외가 식구들이, 아랫층엔 나와 엄마가 살았다. 엄마는 내가 아주 어릴 적부터 직장생활을 했다. 그래서 엄마가 집에 돌아올 시간이면 할머니랑 정류장에서 아이스크림을 먹으며 엄마를 항상 기다렸다. 내게 일요일은 엄마와 함께 있을 수 있는 유일한 날이었다. 그런데 엄마는 같이 살던 외할아버지, 외할머니, 외삼촌들과 사이가 좋았다. 좋아도 너무 좋아서 일요일 저녁이면 함께 모여 자리를 뜰 줄 모르고 이야기꽃을 피웠다. 하하 호호 깔깔깔. 내가 끼어들 여지가 없는 어른들의 대화는 끝이 나지 않았다.

그러면 나는 혼자 일어나 아랫방으로 갔다. 아랫방은 안방에서 나와 마당을 가로질러야 갈 수 있었고, 8세 정도의 아이가 캄캄한 밤에 혼자 마당을 가로질러 아랫방 행을 결심한다는 것은 심기가 불편하다는 적극적인 표현이었다. 하지만 엄마는 나의 결연한 의지를 눈치채지 못하곤 했다. 그러면 나는 아랫방에서 엄마를 기다리다가 마당을 향해 큰 소리로 "엄마 빨리 와" 하고 소리를 질렀고, 엄마는 금방 가겠다고 대답했지만 보통은 꽤 늦게 아랫방으로 왔다. 그러면 나는 이미 기다림에 지쳐 심통이 날 대로 나 있었고, 때마침 찾아드는 졸음을 못 이기고 서러운 가슴으로 잠들곤 했다. 그때 그 시절, 나는 엄마와 둘이 있고 싶은 마음이 늘 간절했다. 엄마가 고팠다. 엄마는 다정하고 따뜻한 분이었지만, 나와 함께하는 절대 시간이 너무 부족했다. 그 결핍은 더욱더 엄마를 갈망하게 했다.

인간은 누군가를 사랑할 때 둘만의 시간과 서로에게만 집중하는 눈빛이 필요하다. 사랑할 때 둘만의 공간과 시간을 갈망하는 것은 당연하다. 지금 당신의 여자 친구의 마음이 마치 아랫방에 건너가 엄마를 기다리던 여덟 살의 나처럼 쓸쓸하고 허전하지 않을까 하는 생각이 든다.

여자 친구가 몰려다니는 데이트를 싫어하는 것은 당연하다. 어쩌다 가끔씩 몰려다닐 수도 있지만 기본은 둘의 연애가 되어야 한다. 둘 사이에 서너 사람이 껴 있는데 어떻게 연애가 될까. 둘 사이에 서너 사람이 껴 있으면 갈등이 들어갈 자리도 없고, 극복이 들어갈 자리도 없고, 성장이 들어갈 자리도 없다. 30대라 하셨다. 친구들로부터 독립해서 일대일의 연애 관계로 들어가라. 이런 남자들이 신혼여행 때 친구들을 달고 가고, 신혼집을 호프집과 여관처럼 드나들며 새 신부를 주모와 주인장으로 부려먹는 무개념 무리가 되는 것이다.

연애를 한다는 것은 나의 생활 방식, 삶의 방식에 플러스 알파의 존재를 덧붙이거나 삽입하는 것이 아니다. 누군가와 연애를 하겠다는 것은 자신의 중심을 내어주며, 상대를 상당히 중요한 사람으로 규정해 시간을 들여서 집중하겠다는 것을 의미한다. 연애의 의미를 되새겨 보기를 바란다. 성격 좋은 남자들이 친구들을 많이 달고 산다. 남자들에게 좋은 친구는 더할 나위 없는 훌륭한 재산이니 말리고 싶지는 않다. 하지만 어울려 살아가는 것도 경계가 있고 관계에는 순서라는 것이 있다. 결혼한 부부가 둘 사이에 친밀감을 먼저 경험한 다음 다른 가족, 친구, 이웃에게로 확장해나가는 것이다.

다른 연인들이 언제나 특별한 것이 있어서 둘이 만나는 것은 아니다. 일상 속에서 서로를 알아가고 사랑하는 가치 있는 시간을 함께 보내고 있는 것이다. 재미있는 시간보다 가치 있는 시간이 좋은 인생을 만들어간다.

만일 죽어도 친구들과의 시간을 포기 못하겠거든, 여자 친구를 만나느라 그들을 방치하는 것이 배신이라 느껴져 사나이 가슴으로 견딜 수 없거든, 지금 당신은 한 여자와 연애할 때는 아니다. 친구들과 더 실컷 놀아라. 그러다가 한 여인에게 받고 싶은 사랑의 빈자리를 느끼거든 그때 연애해라. 그 여인은 당신에게 '사랑하는 자기야'라는 말을 듣고 싶어서 연애하는 것이지, 귀에 딱지가 앉도록 외간 남자들에게 형수씨, 제수씨 소리를 듣고 싶어서 연애하는 것은 아니니 말이다.

돈이 없는데 결혼할 수 있나요?

Q 결혼하고 싶은 여자가 있습니다. 둘 다 서로에 대한 마음은 확인
했지요. 벌써 직장 5년차인데, 아무리 절약해 돈을 모아도 번듯한 전
세를 마련하기에는 돈이 너무 부족합니다. 여자 친구와 빨리 결혼하
고 싶은데 미안해서 말을 못하겠습니다. 돈을 모으지 못했어도 좋은
사람이 있을 때 결혼하는 것이 옳을까요?

A 쫄지도 말고 미안해하지도 마라. 한국 사회에서 30대의 남자가 결혼할 때 집을 장만하기 어려운 것은 사회구조적인 문제이지 당신의 불성실함 때문이 아니다. 한국 사회 안에서 결혼을 앞둔 여자들은 너무도 당당하게 남자에게 집을 요구한다. 때론 뻔뻔할 정도이다. 본인은 자신의 나이에 1억짜리 전세를 대출 없이 자신의 힘으로 장만하기 어려우면서, 그 어려운 과제를 남자에게는 당연한 의무로 짐을 지운다. 여자들의 이런 태도, 당연한 권리도 정당한 요구도 아니라고 생각한다. 문화적으로 우리나라가 그런 분위기인 것은 사실이지만, 그런 분위기가 만연하다고 해서 그것이 정답이 되는 것은 아니다. 치솟는 수도권의 집값 앞에 결혼적령기의 남자들은 미칠 지경이다. 결혼을 포기하는 남자들도 많이 있다. 얼마나 한탄스러운 일인가. 집값 때문에 결혼을 원하는 남자가 결혼을 할 수 없다니.

사회 상황이 이렇게 돌아가면 이때쯤 여성들이 나서줘야 한다. 한국의 현실에서 남자가 결혼할 때 전셋집을 해오는 것은 불가능하다는 사실을 객관적으로 인지해야 하는 것이다. 세상이 변했다는 말은 이럴 때 쓴다. 결혼할 때 남자가 집을 장만해와야 한다는 생각, 이제는 고루하다. 그럴 수 있는 상황이 아니다. 소위 결혼을 잘했다고 분류되는, 좋은 전셋집 또는 시댁에서 사준 아파트에 사는 그녀들을 기준 삼아 부러워하고 비교할 일이 아니란 말이다. 한국 사회의 몇 퍼센트의 인구가 그런 식으로 결혼할 수 있는가.

그러니 쫄지 마라. 미안해하지도 마라. 당신이 성실하고, 경제노동을 할 의지가 충만하고, 열심히 일하고 있다면 그것으로 충분한 것이다. 그녀에게 한계선을 정확히 밝혀라. 둘의 결혼을 위해 얼마를 지출할 수 있고, 또 얼마를 대출받아야 하는지. 당신을 사랑하고 자신의 인생을 책임감 있게 선택할 수 있는 여성이라면 당신의 정직한 까발림에 당황은 하겠으나, 다시 정신을 가다듬고 당신을 선택함과 동시에 살아갈 길을 모색할 것이다.

시집 간 딸은 도둑이라는 말이 있다. 내가 아는 어떤 분이 이상하게 집안 소모품들이 하나둘씩 없어지더란다. 휴지, 세제, 소금, 비누, 치약, 수건 같은 것들은 하나둘 없어지는 것이 큰 티가 나지는 않으나, 직감으로 뭔가 빨리 없어진다는 느낌을 가지게 되는 종목들이다. '이상하다. 왜 하나둘씩 없어지지?' 하고 생각하는데, 어느 날 사라진 이 종목의 물품들이 베란다 구석, 누군가 잘 쟁여둔 큰 상자 안에 옹기종기 모여 있었다. 결혼을 앞둔 그 집의 귀한 딸래미께서 신혼집에서 쓰려고 하나둘 쟁이고 계셨던 것이다. 그리 넉넉하지 않은 남자와 결혼하기로 결정한 그녀는 그날 이후로 모든 것이 돈으로 보이기 시작했다. 두루마리 휴지 한 개 2,000원, 수건 한 장 5,000원, 세제 10,000원…. 그래서 그녀는 챙기고 또 챙겼던 것이다.

당신을 사랑하는 책임감 있고 독립심 있는 여성이라면, 당신의 넉넉하지 않은 상황이 큰 걸림돌이 되지는 않을 것이다. 그녀는 곧바로 생존체제에 돌입하게 될 것이다. 그러니 미안해하지 말고 말을 꺼내라. 사랑하는 여자 만들기가 어디 쉬운가. 사랑의 역사를 한 사람과 쓴다는 것은 매우 심오한 여정이다. 당신이 할 수 있는 한계선을 밝히고 동행을 청해보자. 살다보면 여자는 돈 말고 남편에게 필요한 것이 많이 있다. 아껴주는 마음, 사소한 애정표현, 함께 집안일을 하는 것, 함께 아이를 돌보는 것. 좋은 집과 좋은 차 말고도 여자를 행복하게 해줄 다른 요소들은 많다. 지금 당신이 많은 돈을 줄 수 없다고 돈 외에 그녀에게 줄 수 있는 것들의 가치를 폄하해서는 안 된다. 그런 것들이야 말로 정작 돈으로는 살 수 없는 중요한 것들이다.

전셋집 때문에 고민하는 대한민국의 싱글남들을 생각하면 너무 마음이 아프고 속상하다. 당신들은 그것 말고 줄 수 있는 많은 것들이 있다. 돈을 줄 수 없다 하여 아무것도 줄 수 없는 사람처럼 기죽지 마라. 캠페인이라도 해야 할 모양이다. '당신이 장만할 수 없는 32평 아파트, 그에게 요구하지 마세요. 작은 신혼집이 진실한 사랑의 보금자리입니다'라고.

첫사랑을 못 잊은
마흔 살 노총각입니다

Q 저는 마흔을 앞둔 남자입니다. 연애는 저에게 너무 어려운 과제입니다. 제가 왜 이렇게 여자를 만나는 것이 힘들까 생각해보니 첫사랑 때문인 것 같습니다. 저는 아직 잊지 못한 것 같습니다. 여자를 만나도 첫사랑과 자꾸 비교가 됩니다. 때론 이런 제 자신이 두렵습니다. 저, 첫사랑을 잊을 수 있을까요?

A 나도 당신 못지않게 첫사랑의 허상을 물고 늘어졌던 여자다. 7년 정도 첫사랑의 그늘에서 벗어나지 못했다. 첫사랑의 주인공은 제대로 된 연애 한번 못한 상대였다. 하지만 나의 십대와 이십대 초반은 온통 첫사랑뿐이었다. 그래서 진짜 현실에서 다가온 진실한 사랑을 알아보지 못하고 놓친 적도 있다. 사랑의 실체는 없고 환상만 존재하는 첫사랑은 나의 감성을 지배했고 더 나아가 사랑에 관한 의지도 통제했다. 홀로그램 같은 첫사랑 때문에 현실의 사랑을 시작하지 못했다. 다른 사람을 만나도 첫사랑에 대한 여지 때문에 마음을 열고 관계에 집중하지 못했다. 그 후 남편을 만나 결혼을 하고, 진짜 사랑을 하고, 아이를 낳으면서 지난 첫사랑의 시절을 돌아보니 내가 정말 쓸데없이 과했구나, 엉뚱한 곳에 정신력을 허비했구나 하는 생각이 들었다. 호르몬 과다 분비였을까. 순수하고 아름답기는 했으나 그렇게까지 붙잡고 늘어질 가치가 있는 것은 결코 아니었다.

첫사랑은 첫사랑일 뿐이고, 지난 사랑은 지난 사랑일 뿐이다. 잊지 못할 사랑도 절대적인 한 사람도 다 내가 어떻게 상황을 받아들이고 선택하느냐에 달려 있다.

〈건축학개론〉이라는 영화를 재미있게 봤다. 그런데 이 영화에 몰래 열광하는 남자들의 반응은 더 흥미로웠고 의미 있게 다가왔다. 나는 개인적으로 이 영화를 감상하면서 '〈건축학개론〉은 대한민국 남자들을 대신해서 첫사랑을 보내주는 영화구나' 하는 생각을 했다. 대한민국의 남자들은 대부분 '남자는 울면 안 되고, 분홍색 인형을 가지고 놀아도 안 되고, 언제나 씩씩하고 용감해야 한다'라는 강요를 받으면서 성장했다. 그들은 대부분 정서적인 표현을 하는 방법을 잘 훈련받지 못했다. 그들의 아버지들도 이 부분에는 상당히 취약하다. 한국 가정 안에서 남자아이들이 울 때 "뚝, 그만, 왜 울어. 눈물 닦아" 말고 "슬픈가보구나, 왜 슬픈지 이야기해줄래? 울어도 괜찮아. 이야기하고 싶지 않으면 하지 않아도 괜찮아. 하지만 아빠 엄마는 너를 사랑하니까 왜 슬픈지 알고 싶고, 위로해주고 싶어. 아빠 엄마도 슬플 때가 있었어. 왜 슬픈지 이야기하고 나서 울면 마음이 좀 시원해질 거야. 그러고 나서 어떻게 하면 좀 더 기분이 좋아질지 같이 생각해보자"라고 감정을 코치하는 가정은 많지 않다. 그렇기 때문에 대한민국의 남성들은 대부분 자신의 감정과 내면에 대해 표현하는 것에 익숙하지 않고 감정 처리 능력이 약한 경우가 많다. 그래서 자신에게 닥친 이별을 그저 가슴에 박힌 굵은 못 하나로 밖에는 인식하지 못하는 것이다. 아프긴 아픈데 왜 아픈지, 어느 지점에서 상처받은 건지 설명하기가 어렵다. 그저 가슴 어딘가에 못이 박혀 있을 뿐이다.

이런 한국 남성들의 상태를 잘 보여준 〈건축학개론〉에 명대사가 나온다. 바로 '쌍년'이다. 아름다운 첫사랑에 대한 추억은 '쌍년'이라는 단어를 타고 시작된다. 한국의 수많은 남자들이 영화 속의 남자처럼 가슴속에 쌍년 하나쯤 묻고 산다. 이별의 과정, 이별의 이유, 이유의 부당함 또는 정당함, 억울함, 상실감, 배신감, 원망감. 이별을 둘러싼 수많은 감정을 받아들이고 애도할 기회가 없었다. 박탈당한 기회는 사랑했던 그녀를 '쌍년'으로 만들어준다.

어려운 과제 같다고 하셨다. 그러나 이 문제는 당신밖에는 풀 수가 없다. 힌트를 하나 주자면 '선택'이라는 단어이다. 많은 사람은 지금 자신의 상황이 숙명이나, 운명이라고 생각할 때가 많다. '그녀를 잊을 수가 없어'도 이 숙명의 영역에 들어가는 것이다. 그런데 실상은 사람들이 그녀를 잊지 않기로 끊임없이 선택하고 있다는 것이다.

당신의 의지와 선택은 전혀 다른 결과로 당신을 인도할 것이다. 이 세상에 잊지 못하는 사랑은 없다. 모두가 잊지 않기를 선택하고 있을 뿐이다. 당신은 어떤 선택을 하고 있는가. 당신의 선택이 당신에게 자유를 가져다주기를 응원한다.

날 거절한 여자,
계속 마주쳐야 합니다

Q 같은 교회를 다니는 한 여자에게 마음이 끌렸습니다. 용기를 내어 고백했는데, 그녀는 따로 좋아하는 사람이 있다는 말로 저를 거절했습니다. 좋아하는 사람이 있긴 하지만 연애를 할 마음은 없고, 자긴 할 일이 너무 많다더군요. 그러고는 같은 교회에서 이런 식으로 고백하면 곤란하다는 말을 했습니다. 앞으로 그 여자를 어떻게 대해야 할지 모르겠습니다. 다시 다가가야 할지 이대로 물러나야 할지….

A 지금 가장 중요한 것은 타이밍이다. 일단 고백받은 여인이 참 촌스럽다는 한마디, 꼭 하고 넘어가자. 아니, 같은 교회에서 고백을 안 하면 어디 가서 하나. 이렇게 촌스럽게 대항하는 여인들이 있기에 교회 안에서 좋은 고백 문화 만들기가 또 한 번의 난항을 겪는 것이다. 고백하는 자들에게도 예의가 필요하지만 고백받는 자들에게도 예의가 필요하다.

누군가 당신에게 고백을 했는데, '도저히 아니다' 싶을 땐 어떻게 해야 할까. 일단은 '땡큐'가 먼저다. 내가 뭐라고 나 같은 죄인을 좋아하고 이렇게 입 밖으로 고백까지 해주시다니 일단 '땡큐'다. 그러고 나서 "감사합니다. 하지만 저는…"이라고 정중하고 확실히 입장을 표명해야 한다. 그리고 정말 아니라면 여지를 남기면 안 된다. 일명 '희망고문'을 하지 말라는 것이다. 우리 여성동지들은 고백을 거절할 때 센스와 매너를 좀 더 갖춰주면 좋겠다.

자, 그럼 본론으로 들어가보자. 다시 다가가야 할지 물러나야 할지 고민 중이신데, 지금은 확실하게 물러날 타이밍인 것 같다. 여자는 좋아하는 사람이 따로 있는 데다가 지금은 연애를 할 생각이 없다고 했다. 이런 상태의 여인을 갑작스럽게 당신과의 로맨스에 끌어들이는 일은 거의 불가능하다. 일단 여인들은 마음에 품은 대상이 있을 때 실제로 연애하고 있는 여인들보다 더 절절한 경향이 있다. 그 환상이 한바탕 아작 나기 전에는 홀로 하는 사랑의 판타지와 비애를 막을 길이 없다.

그리고 무엇보다 이 여인의 인생에서 연애는 우선순위가 아니다.

연애는 상당한 에너지를 필요로 한다. 거기에 쓸 정서적 에너지가 없다는 것을 의미한다. 이 여인은 자신이 준비되어 있을 때 사랑을 시작할 자유가 있다. 그러니 이런 여자를 어거지로 연애에 끌어들이는 것은 비인격적이다. 혼자 짝사랑하면서 하고 싶은 일을 하는 게 지금 그 여인이 가장 원하는 삶이다. 아직은 변화를 원하지 않는다. 누군가를 연인으로 받아들인다는 것은 그와 동반된 삶의 변화를 받아들이겠다는 것을 의미한다. 그런데 이 여인에게는 변화의 욕구가 없다. 당신을 받아들이기 위해서는 두 가지, 짝사랑과 일을 포기해야 하는데 여인은 그럴 생각이 전혀 없는 것이다. 그러니 다시 들이댄다고 될 문제는 아니라고 생각한다.

같은 공동체 안에서 고백할 때에는 남자들에게 센스가 필요하다. 열 번 찍어 안 넘어가는 나무 없으니 뭐 불가능한 이야기는 아니다. 그런데 열 번을 찍는 과정이 한 공동체 안에서 일어나면 이래저래 힘든 일이 많이 생긴다. 여자도 불편하고 남자도 불편하고 그들을 지켜보는 다른 이들도 불편하다.

우리 남성분들, 고구마 쪄보신 적 있는가. 엄마가 고구마를 찌는 것을 잘 관찰해보라. 고구마를 찔 때는 꼭 필요한 중요한 도구가 한 가지 있다. 젓가락이다. 그것도 쇠젓가락. 20년 넘게 살림한 엄마들은 눈을 감고도 간을 맞추는 특급기술을 소유하고 있다. 그분들의 레시피는 '소금 조금' '간장 조금' '마늘 조금'이다. 소금 조금, 간장 조금만 넣었을 뿐인데 기가 막히게 맛있다. 그런데 그런 어머니들도 고구마를 찔 때는 꼭 젓가락을 사용한다. 고구마가 얼마나 잘 익었는지 가늠하기 위해 젓가락으로 고구마의 허리를 꾸욱 찔러보는 것이다.

약간 비인격적인 비유가 될는지 모르겠으나, 나는 여성의 마음을 고구마에 비유하고 싶다. 간혹 여자의 상태가 아주 싱싱한 생고구마인데 거기다 대고 막 찌르는 남성분들이 있다. 같은 그룹에서 이런 일이 벌어지면 낭패다. 적어도 반은 익어야 젓가락이 들어가는 것이다. 고구마 한번 쪄보면서 감을 익히시길.

누울 곳을 보고 다리를 뻗으라는 말이 있다. 공동체 안에서 고백을 할 때는 어느 정도 가능성이 보일 때 고백하라고 권하고 싶다. 그래야 괜한 갈등을 조금은 줄일 수 있다.

그리고 일이 잘 성사되지 않았을 때, 당당해라. 고백한 것이 죄인가. 여자는 당신만큼이나 당신 얼굴을 보기가 두렵고 심란하다. 당신이 갑자기 교회에 안 온다거나 대놓고 피한다면 정말 실수다. 그냥 당당하고 멋지게 행동해라. 고백은 아무나 하나. 그런 용기는 아무나 내나. 당신은 대단한 남자다. 단지 일이 잘 안 됐을 뿐이다. 고백을 통해 사랑을 얻는 데는 실패했지만 계속 좋은 이미지를 유지하는 것이 당신이 살 길이다. 고백 전과 같이 당당히 행동하는 것이다. 그리고 그녀의 의견을 존중하는 태도를 보이면 된다.

그리고 또 한 가지. 소그룹이나 교회 안에서는 여성 리더들이 남성 구성원을 챙기는 구도가 빈번히 생긴다. 그러니 같은 소그룹에 묶여 있거나 기도 모임에 묶여 있을 때는 여성의 문자와 관심을 너무 빨리 사적인 관심으로 추측하는 것은 금물이다. 그녀들의 위치에서 개인적으로 연락하고 챙겨주는 일을 해야 하는 경우가 많이 있다. 실제로 새

신자부나 소그룹 리더인 여성이 연락하는 것을 남성이 개인적인 관심으로 오해해서 난처해하는 여성들을 많이 봤다. 자매 편에서도 경계선을 지키는 지혜와 센스가 필요하겠지만 여성들의 상황을 남성들이 이해해주시라는 차원에서 덧붙였다.

일은 잘 안 되었지만 고백하는 남자, 멋있다. 쫄지 말고 당당하시면 좋겠다. 아! 그리고 고구마 한번 쪄보는 거 잊지 마시길.

고백은 아무나 하나.
그런 용기는 아무나 내나.

연애 중에
해외연수라니요!

Q 여자 친구와 1년 반 정도 만나고 있습니다. 그런데 여자 친구가 갑자기 6개월 동안 어학연수를 다녀오겠다고 통보하는 겁니다. 계획 단계도 아니고 실행 단계에서 통보를 했습니다. 어떻게 이럴 수가 있나요. 여자 친구는 당연히 제가 아무렇지 않게 보내주고 기다릴 것이라 믿고 있습니다. 마음이 너무 허전합니다. 여자 친구가 없는 일상은 상상이 안 됩니다. 그녀를 보내고 싶지 않습니다.

A 6년이 아니라 6개월이다. 속상하겠다. 주머니 속에 넣고 다녀도 모자랄 그녀가 비행기를 타고 태평양을 건너겠다 선포하셨으니 하늘이 두 쪽이 나고 마른하늘에 번개가 친 것과 무엇이 다를까.

하지만 꼭 부정적으로 생각할 일은 아니다. 당신만 마음을 바꾸어 먹으면 된다. 간만의 자유가 다가오고 있는 것이다. 6개월간 자유가 생겼다고 생각해라. 혼자서 잘 사는 사람이 결혼해서도 잘 사는 법이다. 혼자서 못 사는 사람은 결혼하면 배우자까지 못살게 굴기 마련이다. 축구, 적당한 게임, 자전거 여행, 여자 친구가 삐칠 걱정 없이 친구들과 몰려다니기…. 그간 여자 친구가 있어서 하지 못했던 종류의 일을 해봐라. 당신도 이곳에서 6개월간 학원을 다니든지 스터디 모임을 하든지 알차게 시간을 보내라. 여자 친구가 자기성장을 이루는 만큼 당신도 당신 몫의 자기성장을 이루기 바란다. 그래야 다시 만났을 때 같이 갈 수 있다. 나는 여기서 너는 거기서, 각각 성장을 이룰 때 멋진 재회를 할 수 있을 것이다. "네가 가 있는 동안 나는 자전거 여행도 하고 그간 밀린 영어공부도 하고, 책도 실컷 읽었어. 너는 영어 좀 늘었니? 어디 영어로 그간의 일을 말해봐. 솰라솰라…."

속은 상하겠지만 연애 초반이 아니니 떨어져 있어서 좋은 점도 있을 것이다. 연인들은 간혹 자기네가 부부라고 착각하는 것 같다. 아직은 서로의 소유가 아니다. 소속되지 않았다. 시간도 정서도 육체도 완전히 공유할 수 없다. 부부가 되어서도 건강한 관계를 위해서는 좋은 거리감이 필요하다. 마음은 허전하겠지만 이제 여자 친구가 없는 일상 속에서 다신 한 번 자신을 돌아보기를 권한다. 여자 친구와 밀착되어 있어서 소홀했거나 잃어버린 관계는 없는지 주변을 돌아보라. 여자 친구 말고도 당신과 사랑을 나누고 싶어 하는 많은 사람들이 있을 것이다.

물론 여자 친구에게도 잘못은 있다. 애인을 두고 떠나는 행동이 잘못된 게 아니라, 그 사실을 계획 단계가 아닌 실행 단계에서 통보했다는 점이 잘못된 것이다. 너무 편하고 너무 믿어서 그저 언제나 거기 서 있는 믿음직스러운 나무 한 그루로 당신을 생각하다보니, 아차! 진지한 논의의 필요성을 느끼지 못했을 수 있다. 그러니 이 점은 짚고 넘어가기를 바란다. 6개월간의 부재에 대해 특별한 관계에 있는 당신에게 미리 설명하고 이해시키지 않았다는 것은 배려를 잊은 그녀의 잘못된 행동이다.

6년도 아니고 6개월이다. 그러니 불안해하지 말고 쿨하게 공항에서 빠이빠이하고, 이메일이나 SNS로 연락하며 지내기로 하자. 또 다른 방식으로 서로를 알아가고 사랑을 다지는 기회가 될 수 있다. 단, 당신이 안달하지 않고, 과도한 불안으로 여자의 마음을 옥죄는 행동만 하지 않는다면 말이다. 여자 친구가 없는 일상은 상상도 할 수 없다고 말씀하셨는가? 그럼 이제부터는 여자 친구가 없는 시간에 무엇을 하면서 즐겁고 재미있게 지낼까 상상의 나래를 펼쳐보시라.

현대는 성 혁명과 이혼, 그리고 기술의 진보로 인한 개인의 고립을 특징으로 한다. 우리는 모두 건강한 관계를 갈망한다. 그러나 어떻게 해야 건강한 관계를 누릴 수 있는지 알지 못한다. 그래서 종종 왜곡되고 균형이 깨져, 불합리할 정도로 높은 기대와 낮은 자아상이 엉킨 관계를 맺곤 한다. 우리는 누군가를 필요로 한다. 그런데 그 '누군가'에 대한 환상을 종종 구세주에 버금갈 만큼 키우진 않는가 자문해볼 일이다.

_토머스 화이트맨 · 랜디 피터슨, 《사랑이라는 이름의 중독》

여자 친구는 중요한 사람이지만 당신의 전부가 되어서는 안 된다. 여자 친구에게 당신의 귀한 시간들을 내주어야 하지만 당신의 시간 전부를 주어서도 안 된다. 건강한 관계는 언제나 '나' 자신이 홀로 풍요로울 때 가능한 것이다. 재회 후 첫 만남은 당신의 그 풍요로움을 나누는 데이트가 됐으면 좋겠다.

그러니 이제 공항에 입고 나갈 옷을 골라라. 그게 6개월간 그녀가 기억할 마지막 모습일 테니까. 그녀가 잊을 수 없을 만큼 멋있는 비주얼과 계획된 동선, 준비된 멘트로 무장해라. 그래야 만리타국에서 웬 남자가 그녀에게 수작을 건다 해도 '뭐니, 이 분은? 지금 한국에서 현빈이 나를 기다리고 있다구' 하며 가볍게 손을 들어 패스할 수 있을 것이다. 그러니까 이번 건은 쿨하게 보내는 걸로!

갑자기 화내는 여자 친구의 성격,
고쳐질까요?

Q 제 여자 친구는 이야기를 잘 하다가도 갑자기 분노를 폭발할 때가 있습니다. 제가 연락이 좀 뜸하거나 카카오톡 메시지에 답이 조금이라도 늦으면 바로 화를 냅니다. 무서워요. 본인도 분노하는 성격에 대해서 문제가 있다고 생각하는 것 같은데, 이게 고쳐질 수 있는 건가요?

A 절박함의 크기만큼 그녀는 변화할 것이다. 잘 이야기하다가 갑자기 분노를 폭발하고 메시지 답장이 조금만 뜸해도 난리부르스인 여자와 연애하시느라 고생이 많다. 여자의 분노는 무섭다. 남자의 분노는 폭력과 힘으로 그 정체를 드러내는 경우가 많지만 여자의 분노는 상대의 정서를 긴장시키고 피를 말리는 형태로 드러낸다. 분노가 많은 여인과의 연애는 긴장감이 떠나지 않는 롤러코스터 타기와 비슷하다. 올라갔다 내려갔다 재미있기는 하지만 오장육부가 울렁거린다.

내가 아는 여인, 민숙이도 분노로 가득했던 적이 있었다. 결혼생활 5년차쯤 되었을 때 이런 일이 있었다. 어느 날 남편과 마주 앉아서 저녁을 먹는데 밥을 먹다가 남편이 큰 소리로 트림을 했다. 그 순간 민숙이 갑자기 상을 뒤집어엎었다. 이유는 '당신은 나를 무시하고 있어'였다. 트림하다 놀라 자빠진 남편은 나에게 전화를 했다. "민숙이가 너무 무서워."

민숙이의 변을 듣자니 그 순간 참을 수 없는 분노가 치밀어 올랐단다. '면전에 대고 트림을 해?' '너, 지금 나 무시하는 거니?'라는 생각에 사로잡혀 주체할 수 없는 감정에 상을 엎고 말았단다. 그 후 민숙은 자신의 행동이 도를 넘었다는 것을 인정하고 심리상담을 받으면서 치유와 회복의 여정을 걸었다. 알고 보니 상처의 뿌리는 민숙의 아버지였다. 민숙의 아버지는 외도한 경험이 있었다. 아버지의 외도는 그녀에게 '너는 소중한 딸이 아니야'라는 메시지를 주었다. 민숙은 성장기에 큰 상처를 받고 거절감을 걷어내지 못하고 성인이 되었다. 남편의 트림은 민숙의 아킬레스건인 '거절감'의 상처를 건드려버린 것이다.

화가 나는 감정 자체는 죄가 아니다. 하지만 화가 관계를 파괴하는 형태로 드러나면 이야기가 달라진다. 화가 나서 때리거나, 부수거나, 욕하고, 상대의 사과에도 끝까지 분을 풀지 못하거나, 자해하거나, 급한 분노를 쏟아내거나 하는 경우, 화는 관계를 파괴하고 사랑을 앗아간다. 이것이 분노가 가진 무서운 힘이다. 분노는 인생에서 사랑이 설 자리가 없도록 만든다. 상대가 나를 아무리 사랑한다 하더라도 분노는 상대를 나가떨어지게 할 수 있다. 분노하는 사람은 연신 불을 뿜어대는 용과 같다. 불을 뿜어대는 용 곁에는 아무도 다가갈 수 없다. 무섭다. 뜨거운 불에 델까 봐 사람들은 다가가지 못한다. 그런 용은 외롭다.

가슴 아픈 현실이다. 성장기에 사랑과 애정의 결핍을 가지고 자란 이들은 성인이 되면 더욱 사랑을 갈망하게 된다. 그런데 정작 그들 대다수가 자신이 가지고 있는 상처로 상대를 찔러 사랑을 쫓아낸다. 비극이다.

그 여인을 사랑한다면 기다려주고 머물러주면 좋겠다. 분노는 고칠 수 있다. 야고보의 형제였던 요한은 예수님을 통해 '우레의 아들'이라는 별명을 얻었다(마 3:17). 우레는 번개가 친 다음에 하늘에서 '우르르 쾅쾅' 하고 나는 소리이다. 요한은 그런 사람이었다. 그런데 우레의 아들이었던 요한이 나중에는 사랑의 사도 요한으로 거듭난다. 분노는 고칠 수 있다. 그런데 시간이 아주 많이 걸린다. 본인이 얼마만큼 인지하고 노력하는지에 달려 있다.

그대의 여인이 어떤 가정에서 어떻게 자랐는지 알고 있는지 모르겠다. 당신이 그 여인의 마음을 위로해주고 눈물을 닦아주는 왕자님이 될 수 있다면 얼마나 좋을까 생각해본다. 그리고 한 가지 확실히 해두어야 할 것이 있다. 감정적으로 용납하되, 여인이 당신에게 뿜어내는 분노가 관계에 어떤 악영향을 주고 있는지 차근차근 브리핑 해줘라. 그대가 얼마나 상처받고 있는지도 잘 설명해주어라. 여인이 분노를 멈추지 않으면 당신을 비롯해 앞으로 다가올 다른 사랑도 놓치게 되는 비극적인 현실을 알려주어라. 본인이 얼마만큼 절박한지 느끼는 만큼 변화는 시작될 것이다.

많은 이들이 싱글일 때 분노를 해결하지 못하고, 분노와 함께 결혼식장에 들어간다. 그래서 부부 관계에 많은 갈등을 초래할 뿐만 아니라 사랑받을 권리만을 가지고 태어난 아이들을 방치하게 된다. 극단적인 경우 가정폭력을 낳고 다음 세대로 상처를 대물림한다. 정말 안타깝다. 물론 싱글일 때 완벽한 해결은 불가능할 것이다. 하지만 어느 정도 수습은 하고 가정을 꾸려야 한다. 여의주는 못 물더라도 불 정도는 삼킬 줄 아는 용이 되어야 한다.

교회에 푹 빠진 여자 친구를
이해하기 힘들어요

Q 제 여자 친구는 싸우면 습관적으로 헤어지자는 말을 합니다. 얼마 전에도 싸웠는데 또 헤어지자고 하기에 저도 화가 나서 연락을 안 했습니다. 그랬더니 정말 계속 연락을 안 하는 겁니다. 그래서 제가 집 앞에 찾아갔습니다. 본인은 지금 하나님 앞에서 잠잠히 자신을 돌아보고 있는 중이라고 하더군요. 그래서 앞으로 한 달 정도 더 연락을 하고 싶지 않다고 했습니다. 그사이 선교 활동이 잡혀 있어서 거기에 집중하고 싶다구요. 그리고 그간의 데이트에 말씀 나눔도 없고 영적으로 나눔이 안 되어서 힘들었다면서 우리 관계를 다시 생각해보고 싶다고 했습니다. 저는 아직도 좋은데 마음이 아픕니다. 저도 나름대로 신앙생활을 열심히 하는 사람이거든요.

A 연애는 선교만큼이나 중요한 사역이다. 우리는 영적인 사람과 그리스도인다운 사람 중 근본적으로 어떤 사람을 추구해야 할까. 예수님은 하나님의 본체로서 진정 영적인 분이셨지만 육을 중요하게 생각하셨고, 더 나아가 육의 관계, 즉 사람 사이의 관계를 중요하게 생각하셨던 분이다.

예수님이 기적을 행하시며 병자를 고쳐주시자 사람들은 난리가 났다. 볼거리도 마땅치 않던 시절, 이게 웬 신기하고 놀라운 구경거리란 말인가. 사람들은 무리를 지어 그분을 따라다녔다. 분명 집에 가고 싶은 사람들도 다수 있었겠지만 군중심리의 특성상 대열을 이탈하기란 쉽지 않았을 것이다. 이런저런 사정으로 예수님을 구경하느라 배고프고 다리 아픈 무리들에게 예수님은 어떻게 하셨는가. "자, 자, 힘들고 배가 고프겠지만, 사람이 떡으로만 살 것이 아니다. 하나님의 입으로부터 나오는 모든 말씀으로 산다(마 4:4). 너희가 언제 이런 기이한 일을 보았겠느냐. 기적을 구경하는 것만으로도 오늘은 계 탄 날이니, 배 좀 고픈 것은 감수해라"라고 매정히 말씀하지 않으셨다. 그분은 친히 보리떡 다섯 개와 물고기 두 마리를 가지고 축사하신 뒤 오천 명이 넘는 자들을 먹이셨다. 떡과 생선을 그들의 입에 넣어주셨다.

나는 현대의 한국 교회에서 영적인 사람이 되기보다는 그리스도인다운 사람을 추구해야 한다고 생각한다. 더불어 연애도 영적인 연애보다 그리스도인다운 연애를 추구해야 한다. 예수님께서 삭개오를 만나셨을 때 먼저 그와의 특별한 관계를 형성하셨다. 삭개오는 당시 로마 정부에 붙어서 민족의 혈세를 걷는 세리장이었다. 그는 먹고사는 것은 편안했으나 민족의 배반자로서 정서적으로 고립된 삶을 살고 있었다. 예수께서 동네에 나타나셨을 때, 그는 뽕나무에 올라가 예수를 보았다(눅 19장). 그가 키가 작았기 때문이기도 하지만 무리에 섞여 몸을 부대끼기에는 적합하지 않았기 때문이다.

예수님은 그런 삭개오를 부르시고 그의 집에서 자고 가겠다고 하셨다. 그때부터 삭개오의 새 인생이 시작되었다. 예수님은 관계를 매우 중요시하셨다. 그분의 사역의 핵심은 관계였다. 하나님이신 그분은 우리와의 사랑의 관계를 소중히 여기셨다. 십자가로 그 관계의 소중함의 무게를 증명하셨다. 하나님은 사랑의 하나님이시며 관계를 중요하게 생각하시는 분이다.

연애는 관계이다. 그 어떤 관계보다 개인적이고 중요한 관계이다. 연애 관계는 매우 신중하고 소중히 다루어야 하는 것이다. 이런 소중한 관계를 막 다루면서 하나님의 이름을 들먹이는 이들을 보면 정말 속이 상한다. 인격적으로 상내와 관계 맺는 것을 배우는 것이 설교보다 중요하다. '헤어지자'는 말을 습관적으로 내뱉는 유아적이고 유치한 습관이 하나님을 잠잠히 묵상할 때 찔리지 않는다는 것이 미스터리할 뿐이다. 이런 사람은 영적인 사람이 아닐 뿐더러 그리스도인다운 행동이 무엇인지 모르는 사람이다. 제멋대로 하다가 자기합리화를 위해 하나님을 끌어다 쓰는 사람이다.

물론 본인은 진실할 것이다. 그러나 진실한 행동이 모두 잘한 행동은 아니다. 제발 연애할 때 사람 마음에 상처주는 '영적인 사람' 콘셉트 좀 교회 안에서 사라지면 좋겠다. "기도해봤더니, 너야"라고 흔들어 사귀어놓고, "미안해. 우린 아닌 것 같아. 내가 음성을 잘못 들었나 봐" 하며 급 수습한 뒤 몇 달 안 되어 같은 교회에서 또 다른 여자를 사귀는 그런 영적인 사람, 제발 이제 그만 만났으면 좋겠다. "기도해봤더니 분명 네가 내 배우자야. 너도 받아들여. 우린 결혼할 운명이야" 하며 관심도 없는 이성에게 큐카드를 내밀며 액션을 강요하는 이런 폭력도 이제 그만하자.

그리스도인이라면 보통은 되는 도덕적 양심을 가지고 연애해야 한다. 마음은 변할 수 있다. 그러면 솔직히 "내가 이 정도밖에 안 돼. 미안해. 더 이상 마음이 없어"라고 하는 것이다. 기도 응답이 무슨 스티커인가. 아무 데나 막 뗐다 붙였다 하게 말이다.

만날 때마다 말씀 보고 기도한다고 영적인 데이트일까. 싸우고 제대로 화해하고, 미안한 것은 미안해할 줄 알고, 잘못한 것을 잘못한 줄 깨닫고 사과하는 것이 기본이다. 그런 기본이 있는 연애 관계가 하나님의 형상대로 지음을 받은 인간들이 걸어가야 할 사랑의 길이다.

이 사람을 만날지 말지 선택은 본인에게 달려 있다. 하지만 적어도 그 사람의 영발에 눌려 귀책사유가 본인에게 있다는 불명예를 안고 연애가 좋 나는 일은 없기 바란다.

"LOVE"

그와 그녀의

사람들에게,

사랑을 답하다

부모님이
스펙 안 좋은 남친을 반대합니다

Q 저는 3년 넘게 한 남자와 연애를 하고 있습니다. 정말로 인품이 좋고 성실합니다. 무엇보다 저를 진심으로 사랑해줍니다. 그런데 부모님이 결혼을 반대하십니다. 저희 부모님은 소위 스펙이 좋으신 분들입니다. 사회적으로 안정적인 위치에 계신 부모님에게 내 남자 친구는 말도 안 되는 결혼 상대이겠지요. 내 앞에서 남자 친구를 무시하는 발언도 하십니다. 부모님을 실망시켜드리고 싶지 않지만, 이 남자를 놓치고 싶지도 않습니다. 어떻게 해야 하나요.

A 기나긴 전쟁에 '감정'이라는 무기는 금물이다. 대개 스펙 좋은 부모님들이 갖는 자녀의 결혼에 관한 기대는 견고한 성과 같다. 그분들은 자신의 기득권이나 명예에 손상을 주는 사위나 며느리는 용납하기 어렵다. 교회를 다니든 다니지 않든, 그런 것은 오히려 문제 되지 않는 것 같다. 오늘날 사회 양극화 현상이 특히 심해지면서 이런 경향은 더욱 두드러진다. 품격 있는 결혼을 원하는 부모님은 웬만해서는 뒤로 물러날 생각이 없고 강력하다. 또한 그분들의 자녀들은 오랜 시간 극진한 보호 안에서 역시 기득권을 많이 누리고 성장했다. 그래서 상대적으로 나약하기 때문에 부모님께 저항하기가 쉽지 않을 것이다. 이룰 수 없는 사랑의 신파로 이 사안을 대하면 안 된다. 조금은 더 의식 있는 관점이 필요하고, 이는 부모님과 협상할 수 있는 지혜와 인내의 힘을 준다.

내 경험상 부모님의 결혼관은 꽤 세속적이다. 자녀가 편안하게 잘 먹고 잘살 수 있는 상대, 더 나아가 사회적으로나 경제적으로 더욱 발전 가능한 상대를 좋아하신다. 자녀를 사랑하는 마음이 낳은 당연한 기대와 바람이다. 그런데 극진한 자녀 사랑으로 결혼에 대한 바람이 왜곡되고 있다. 하나님께서 결혼을 어떤 의미로 창조하셨는지 생각하실 겨를이 없다. 내 자녀가 하나님의 뜻에 맞는 결혼을 선택하도록 하실 의사가 없다. 그저 좋은 남자 좋은 여자 만나서 평생 고생하지 않고 편안하게 살기를 바라실 뿐이다.

한 남성이 어떤 이야기를 들려주는데 마음이 아팠다. 본인은 지방에 있는 대학교를 나왔는데 교회에서 한 여인과 마음이 오고 갔단다.

그런데 그 여인의 어머니가 전화를 걸어 아침드라마에서나 볼 수 있는 말들을 쏟아부으셨단다. "네까짓 게 뭔데! 내 딸 곁에 얼씬도 하지 마!" 하시는 어머니의 목소리는 아주 돈봉투라도 던져줄 기세였다. 그리고 몇 년 후 이 남성이 각고의 노력 끝에 대기업에 취직을 하게 됐다. 그랬더니 이 어머니가 갑자기 돌변하여 교회 안에서 사위 대하듯 챙기시더란다. 남자는 오래전에 받은 어머니의 전화보다 대기업 취업 후 돌변한 어머니의 행동에 더 큰 상처를 받았다고 이야기했다.

또 한 남자, 이 남자는 어머니의 마음에 들지 않는 여성을 며느릿감으로 소개한 후 많은 고민을 하게 됐다. 문제는 이 셋이 같은 교회를 다닌다는 것이다. 남자의 어머니는 교회 안에서 공개적으로 여자에게 상처 주는 말을 서슴지 않았다. "애, 우리 아들이 뭐가 아쉬워서 너랑 결혼을 하려는지 모르겠다. 우리 아들이 물러 터져서 그렇지 뭐. 난 진짜 네가 마음에 안 든다. 너 결혼은 꿈도 꾸지 마라." 남성은 매주 상처받는 여자 친구를 이렇게 보호해야 할지 괴로워했다.

이 두 사건 모두 교회 안에서 벌어진 기막힌 일들이다. 이상하게 이런 경우 부모님들은 잔인해진다. 마치 맹수로부터 새끼를 지키는 어미처럼 상대를 향해 날카로운 이를 드러내고 으르렁댄다. "네가 내 딸을 어떻게 꼬드겼길래!" "네가 내 아들을 잡아먹으려고 하는구나!" 이런 식이다. 결혼을 향한 하나님의 뜻은 설 자리가 없다. 안타깝지만 부모님 세대의 결혼관은 꽤 세속적이고 그분들의 대처 방안도 세속적이다. 나는 우리가 이런 가치관을 걸러내고, 세속적인 결혼관을 대물림하지 않는 옳은 선택을 하는 세대가 되어야 한다고 생각한다.

일단 이런 경우 부모님께서 상대를 반대하시는 이유를 귀 기울여 잘 들어보기 바란다. 간간이 반대 이유가 매우 합당한 경우가 있으므로 일단은 인생을 앞서 사신 분들의 지혜에 귀 기울이는 것이 매우 중요하다. 이때 반대 이유가 합당한지 합당하지 않은지를 판단해야 한다. 그래야 행동 노선이 잡히는 것이다. 만일 부모님의 반대 이유가 결혼에 대한 세속적인 관점, 더 잘 먹고 더 잘사는 것에 근거한 것이라면 그때는 마음을 다잡고 긴 싸움을 준비해야 한다.

그런데 싸움의 방식이 있다. 눈에 쌍심지 켜고 대항하는 방법은 절대 금물이다. 결국 모두가 가족이 되었을 때 남을 수 있는 앙금은 만들면 안 된다. 기도와 설득, 기다림의 끈기가 있어야 한다. 사랑하는 만큼, 결혼에 관한 올바른 관점을 가지는 만큼 이겨낼 수 있으리라.

근철은 명예와 부로 점철된 집안의 여인과 사랑하게 되었다. 가진 것 없던 근철 씨는 당연히 극심한 반대라는 벽을 만났다. 아버지는 만나주지도 않았고 여인에게 상당한 압박을 가했다. 남과 여는 꿋꿋하게 서로의 손을 잡고 5년을 기다렸다. 5년간 그들의 대항의 특징은 부모님들에게 정서적으로 극한 저항을 하지 않았다는 것이다. 감정선을 건드리며 싸우지 않았다. 정서적으로는 고분고분하면서 절대 뜻을 굽히지 않았다. 시간은 걸렸지만 여러 가지 의미에서 좋은 결과를 얻었다.

솔직히 이런 싸움을 아무나 하는 것은 아니다. 성경적인 결혼에 대한 관점, 부모님의 신앙관에 대한 객관화 과정, 자신과 부모님과의 관계를 제3의 관점에서 조명할 수 있는 통찰, 부모님으로부터 상대를 보호하는 힘, 상대에 대한 깊고 진실한 사랑, 그리고 이 모든 것을 감당할 수 있는 정서적인 근력이 있어야 감당할 수 있다. 그러니 이룰 수 없는 사랑의 신파 정도로 이 싸움을 해석하고 있었다면 일단 싸움의 성질부터 제대로 파악해야 할 것이다. 그리고 나서야 뛰어들지 말지를 결정해야 한다.

물론 나는 당신이 당신의 가정에서 결혼관에 대해 새 역사를 쓰는 여장군이 되어주기를 간절히 바란다.

모두가 가족이 된 후에
남아 있을 상처를 생각해라.
좋은 결과를 위해 눈에 쌍심지 켜는 건
자제하자.

'어머니'라는 높은 벽

Q 저는 한 여자를 좋아하고 있습니다. 그런데 그녀의 곁에는 높은 벽이 있어요. 바로 그녀의 어머니입니다. 여자의 어머니는 싱딩히 보수적이시고 신중하십니다. 어머니는 딸이 남자에게 빠지는 것을 위험하다고 생각하셔서 딸의 연애를 심하게 반대하시고 허락하지 않으십니다. 만만치 않아 보입니다. 그래도 그 여자가 너무 좋은데 저는 어찌해야 할까요?

A 그럼에도 불구하고 그녀와 사랑하고 싶다면. 벽 중에 높은 벽, 바로 '엄마'라는 이름을 가진 벽이다. 그리고 그 엄마가 남성 혐오증이나 사랑 불신증에 걸려 있다면 그 벽은 열 배 정도 높아지겠다. 확실하지는 않지만 이런 어머니의 경우 자신의 아버지와의 관계가 좋지 않거나, 남편과의 관계가 소원할 가능성이 있다.

보통 딸이 결혼할 시기에 이른 어머니들은 대부분 도를 깨우친 경우가 많다. 지지고 볶는 한국의 결혼생활을 통해 '아, 남자는 이런 존재구나', '그저 연약한 인간이구나', '사랑은 참 허망하구나' 하며 도를 닦으며 살아가신다. 그리하여 득도 끝에 딸들에게 주옥같은 말씀을 설파하시다. "얼굴 뜯어먹고 살래", "인물로 밥반찬 할래", "남자 인물 좋으면 인물값 한다", "미인이 박복이다", "정으로 살지 사랑으로 사냐", "지는 게 이기는 거다", "자식한테 공들여봐야 다 소용없다", "그래도 남편이 최고다", "그저 평범하게 세 끼 밥 먹고 사는 게 제일 행복한 거다", "등 따뜻하고 배부르면 최고지, 뭘 더 바라냐…."

엄마들은 세월 속에 놀라운 지혜를 쌓아간다. 그런데 30여 년의 결혼생활을 통해서도 이런 종류의 득도나 지혜를 가지지 못하신 엄마들이 있다.

예를 들어 "남자는 다 늑대다", "사랑 믿지 말고 너만 믿고 살아라", "남편 말만 믿고 바보처럼 살면 안 된다", "뒷돈을 꼭 챙겨야 한다", "사랑에 빠지는 것은 위험하다", "새끼 잘되는 게 최고다", "능력 있는데 결혼하지 말고 혼자 살아라" 이런 종류의 메시지를 가지신 분들, 딸 앞에 나타나는 남자라는 존재에 경계태세를 갖추시는 엄마들은 그

분들이 받은 남자에 대한 상처가 미처 해결되지 않아 자신의 경험을 딸에게 투사하고 있는 것이다. 그분들은 딸이 자기처럼 상처받을까 봐 두려워한다. 그래서 끝까지 보호하고 지켜주고 싶어 한다. 그런데 보호하고 지켜주는 방법이 대부분 이런 부정적인 메시지로 딸에게 남성에 대한 긴장감과 경계심을 고조시키는 것이다. 딸은 엄마의 메시지 속에 갇힌다.

중요한 것은 살면서 엄마에게 들어왔던 메시지는 사실이 아니며, 엄마의 상처를 통해 만들어진 편견임을 알아야 한다는 점이다. 이 사실을 깨닫는 지점에서 그녀는 독립을 하고 자신만의 데이터베이스를 구축해나갈 수 있다. 독립적인 한 사람으로서 남자라는 존재를 배워가고 알아가는 것이다.

그대가 좋아한다는 여성이 이 상황을 객관적으로 바라보고 자신의 시각을 조정할 수 있을 만큼 성장했는가가 관건이다. 이런 모녀 관계는 융합관계이다. 정시적으로 붙어서 니와 내가 구분이 안 되고 독립적으로 성장하지 못한 관계를 융합관계라고 한다. 여인이 아직은 어머니와 자신의 관계를 객관적으로 조명할 수 없을지라도, 누군가 이야기를 해줄 때 건설적으로 반응하는가가 중요하다. 성장의 의지가 얼마만큼 있는지가 중요한 것이다.

그대와 여자 친구가 힘을 합해야 어머니의 메시지에 저항하며 신뢰를 얻을 수 있다. 그런데 여자마저 어머니의 메시지에 갇혀 있고, 누군가의 객관적이고 옳은 조언에도 저항하며 다시 엄마의 메시지로 들어가버린다면 길은 너무 험난하다. 당신은 여자를 계몽하며 동시에 어머니를 회유하는 상당히 복잡한 연애를 해야 할 가능성이 높다. 이런 줄타기에는 상당한 균형감각과 정서적인 근력이 요구된다. 자, 엄마와 그녀의 상황이 이러하니, 그럼에도 불구하고 그녀와 꼭 한 번 사랑을 하고 싶다면 해주고 싶은 말이 있다.

그녀에게 구애하는 과정에서 현실적으로 어머니와 적이 되면 안 된다. 순진한 딸을 꼬드겨내는 나쁜 남자가 되어서는 안 되는 것이다. 결혼을 한다고 해도 사사건건 볶일 것이다. 마음을 단단히 먹어라. 엄마는 데이트 장소에 몰래 나타나 당신을 훔쳐볼 수도 있다. 딸의 귀가 시간에 상당히 민감할 것이며 당신과의 데이트가 내내 어머니의 심경을 불편하게 할 것이다. 이런 여성이 예비 장모님인 경우 그녀를 남자에 대한 상처와 왜곡이 있는 한 여성으로 놓고 실마리를 풀어가야 한다. 남자에 대한 상처가 있는 엄마들은 그 부분이 여전히 소녀 같은 영역으로 남겨져 있다. 그녀의 어머니는 당신이 두려워서 밀어내는 것이지 싫어서 밀어내는 것은 아니다. 최대한 좋은 이미지를 보여주며 지속적으로 안심시켜드리는 것이 좋다. 당신의 신실한 사랑과 성품과 인내가 두 여인을 지금보다는 자유롭게 풀어줄 수 있을 것이다. 끝이 어찌될지 모르겠지만, 아버지에게도 상처받고, 남편에게도 상처받은 엄마가 당신을 통해 '아, 남자가 다 그런 건 아니구나', '믿을 수 있는 남자도 있구나', '사랑이 아름답기도 하구나' 생각할 수 있다면 이게 그대의 엄마가 말년에 얻게 되는 복 중의 복이리라. 개인적으로 권장하고 싶은 사랑은 아니나, 엄마도 사랑하고 사랑받을 기회가 필요하니까 엄마를 생각하며 힘내보자.

아빠가
남자를 못 만나게 해요

Q 저는 아빠와 친하고 사이가 좋은 편입니다. 그런데 아빠는 제가 남자를 만나는 것이 싫으신지 아니면 긱정하시는지 제가 조금만 늦게 들어오면 "남자는 다 늑대야. 조심해"라고 말씀하십니다. 남자는 정말 다 늑대인가요?

A 그럼 예수님도 늑대인가? 남자는 다 늑대, 여자는 다 여우. 이 얼마나 무시무시한 일반화의 오류인가. 인간이 얼마나 아름답고 고귀한 존재인데 늑대와 여우 우리에 한꺼번에 몰아넣는 건가. 제발 이 땅의 아버지들, 어머니들이 이런 말씀 좀 안 하셨으면 좋겠다. "남자는 다 늑대야", "여자는 다 여우야"라는 이 한마디를 내뱉는 순간, 많은 남녀가 서로를 오해하기 시작한다. 부모님의 그 한마디가 자녀들의 사랑에 얼마나 큰 영향을 미치고 있는지 모른다. 우리 모두에게는 죄성이 있고, 그것이 때론 늑대와 여우 같은 모습으로 드러나는 것뿐이다. 토끼 같은 여자도 많고 곰 같은 여자도 많다. 강아지 같은 남자도 있고 생쥐 같은 남자도 있는 것이다.

남녀의 차이를 이해하고 서로의 존재를 지혜롭게 배워가고 알아가도록 조율을 해줘야지, 무작정 색안경을 씌워주고서는 "자, 이걸 쓰고 세상을 봐. 그래야 안전한 거야"라고 하신다면 자녀들은 왜곡된 시각으로 좁은 세상을 만날 수밖에 없다. 부모님들의 상처, 그로 인한 편협한 시선을 유산으로 남기지 않으셔도 된다. 물론 걱정이 되어서 이런 말씀들을 하시는 거겠지만, 성인이 된 자녀들은 이런 말씀을 본인의 사고 과정을 통해 잘 분별하고 정리할 필요가 있겠다. 이런 말이 시사하고 있는 부모님과 나와의 관계까지도 돌아볼 수 있다면 그대의 인생은 업그레이드될 것이다.

아버지가 딸 걱정이 이만저만이 아니신 것 같다. 아버지와 친하다고 하셨으니 기우에 한말씀 드린다. 가끔 이런 말을 하는 여성들을 만난다.

저는 아버지를 존경해요. 저희 아버지 같은 분은 없을 거예요. 아버지는 언제나 저에게 안식처 같은 존재시죠. 아버지 같은 남자랑 결혼하고 싶어요. 그런데 진짜 우리 아버지 같은 남자는 없는 것 같아요. 하지만 아버지 같은 남자만 나타나면 바로 결혼할 거예요.

그녀들이 이 땅을 사는 동안 아버지 같은 남자를 과연 만날 수 있을까? 아버지와 과한 친밀감을 가지는 여자들의 경우 그 과한 친밀감이 정서적인 독립을 방해한다. 그런 경우 다른 남자와 성인 대 성인으로 건강하게 사랑하기 힘들다. 그녀들은 아버지 같은 남자를 찾고, 아버지 같은 남자는 없으니 연애가 어렵다. 또 아버지에게 너무 딱 붙어 있어서 일종의 분리불안을 경험하게 되는데, 아버지 없이는 존재가 완전하지 않으니 아버지와의 분리를 촉구하는 새로운 남자는 불편의 대상이 된다. 그래서 나를 좋아하는 남자가 생겨도 밀어내고 다시 아버지와의 애착 관계에 들어가는 것이다. 이런 딸은 시집을 가도 사사건건 아버지에게 보고하고 코치받고, 독립적인 결혼생활을 좀처럼 하지 못한다. 이것은 그냥 사이좋은 부녀와는 많이 다른 관계 유형이라고 할 수 있다. 결혼을 원하지만 끝내 못할 수도 있다.

극진한 아버지의 보호를 받았거나, 아니면 평생 아버지의 마음에 들기 위해 최선을 다해 산 여인들은 이제 내가 원하는 것, 내가 스스로 할 수 있는 것들을 알아가고 해나가야 사랑도 시작할 수 있다.

아버지가 씌워준 색안경을 벗고 당신의 두 눈으로 세상을 보라. 시행착오를 좀 하면 어떤가. 당신의 눈과 경험으로 남성이라는 존재를 알아가고 공부해가라. 남자는 다 늑대가 아니다. 남자가 다 늑대라면 예수님도 늑대라는 건데, 이 부분은 아버지도 동의하기 힘드실 것이다. 아버지는 지금 일반화의 오류를 범하고 계시다. 그 논리에는 허점이 너무도 많다.

같은 교회 안에 청춘남녀가 100명인데,
아무도 서로에게 관심이 없어요

Q 저희 교회는 청년이 100명이 넘는데요. 교회 커플은 거의 없습니다. 솔직히 서로 싫어히는 짓 같아요. 왜 항상 자기 교회 안에서 형제, 자매는 서로 인기가 없는 걸까요? 저도 이 교회에서 날 좋아해주는 사람이 없어 속상합니다.

A 서로를 위해 한 발짝만 다가가라. 예전에 어느 교회에 결혼 세미나 강의를 간 적이 있었다. 사전에 설문조사를 해서 질문을 정리해 보내줬는데 대충 이런 질문들이었다. '교회에서 이런 형제 너무 싫어요. 베스트 쓰리', '교회에서 이런 자매 너무 싫어요. 베스트 쓰리.' 요청하지도 않은 설문지를 작성해서 보내준 열정과 성의는 정말 감동적이었다. 그런데 마음 한 편이 쓰렸다. 질문 자체가 너무 부정적이었다. 이미 서로에 대한 호감은 없다. 밀어내기, 시시하게 보기만이 있을 뿐이다. 알콩달콩 좋게 가야 할 결혼 세미나에서 설문조사의 요점이 '싫어요'라니, 맙소사.

인간은 가장 중요한 것들을 정작 당연시 혹은 소홀히 여기는 습성이 있는 것 같다. 흔히들 산소, 물, 햇빛, 이런 것들을 빗대어 이야기한다. 없으면 죽는 것들인데 언제나 있기에 시시하고 당연하게 생각한다. 이것이 인간이 지닌 교만한 죄성의 발로가 아닐까.

같은 교회에 있는 사람들은 물 같다. 공기 같다. 매일 지나는 버스 정류장에 서 있는 가로수 한 그루 같다. 나를 자극하지 않는 심심한 배경이다. 매력이 없다. 내가 기다리는 왕자와 공주와는 한참 멀고 방자나 향단이에 가까운 것만 같다. 남자들은 여자들이 너무 기가 세고 누이 같아서 싫고, 여자들은 남자들이 비실비실해 보여서 싫다. 리더십이 있는 것도 아니고 신앙이 좋은 것도 아니고, 그렇다고 사회적으로 빵빵하게 잘 나가는 것도 아닌 아담의 무리에 그저 심드렁할 뿐이다.

배우자의 등장은 극적이고 사랑은 환상적일 것이라는 그릇된 기대와 하나님께서 이미 주신 환경을 귀하게 바라보지 못하는 우리의 죄성이 서로를 강력하게 밀어낸다. 내 사랑은 특별해야 하니까 말이다. 다시 정신을 차리고 눈을 씻고 보면 꽤 괜찮은 상대들이 많이 있을 텐데 안타깝다. 고르고 골라 엉뚱한 사람 만나 결혼하느니 그저 좀 모자란 듯 진실한 사람과 평범하게 사는 것이 상당히 큰 행복일 텐데 말이다.

그런데 본인은 기회가 되면 교회 안에서 연애하실 의지가 있는 걸로 보인다. 이성이 나를 좋아해주지 않는 데는 대부분 그럴 만한 이유가 있다. 반대로 인기남, 인기녀 역시 다 그럴 만한 이유가 있다. 그들이 가진 어떤 속성이 이성을 끈다. 그것이 긍정적인 것일 때도 있고 부정적인 것일 때도 있지만 어쨌든 끌어당긴다. 주변에 인기 많은 친구를 관찰해보시라. 분명 무언가 있다. 그리고 솔직히 이성이 왜 날 안 좋아해주는지는 이성에게 물어보는 것이 가장 빠르다. 일단 우황청심환 하나 삼켜라. 그리고 한 놈 골라 빅사이즈 피자 한 판 사주면서 죽도록 심문하라. "남자들이 나를 싫어하는 이유가 무엇이냐? 진실을 말하여라." 그 남자기 치음엔 "너도 괜찮디"리며 입을 열지 않고 빼져니 가려 할 것이다. 그러면 "너는 왜 나같이 괜찮은 여자랑은 안 사귀냐"라고 일침을 가해라. 그러면 아마 말문이 막힐 것이다. 그러면 다시 회유하는 것이다. 사람 하나 살린다고 생각하고 진실을 말하여라. 진실만 이야기해준다면 예쁜 여자와의 소개팅으로 후사하겠다 약조하라. 그리하면 아마도 망설이다가 이내 진실을 토할 것이다. 그가 진실을 토할 때쯤 청심환의 약효가 온몸에 퍼져 당신을 지켜줄 것이다.

매일 지나는 버스 정류장의 가로수를 다른 날과는 다르게 쳐다보게 될 때는 언제인가. 그 나무에 꽃이 피었거나, 눈이 내려 눈꽃이 소복이 쌓였을 때이다. 그러니 서로를 배경 보듯 하는 교회 안에서는 꽃을 피우고 눈꽃을 얻어야 비로소 누군가 배경 속의 가로수와 눈을 맞추는 것이다. "우아, 꽃이 피니까 예쁘네" 하면서 누군가가 그대에게 다가오고 그대의 봄이 열린다. 같은 교회 안에서 서로를 바라보지 않는 것은 우리의 연약함일지 모르겠다. 서로를 위해 한 발짝 다가간다면 손이 맞닿는 이들도 있지 않을까.

결혼 후 어느 교회로 가야 할까요?

Q 결혼을 앞둔 예비 부부입니다. 그런데 각자 다니던 교회가 있어요. 결혼 후 어느 교회로 가야 할지 모르겠습니다. 신혼부부 프로그램이 잘되어 있는 곳들도 있던데요. 아예 신혼부부들이 정착하기에 좋은 교회를 선택해야 할지, 그냥 남자가 다니던 교회로 가야 할지 고민입니다. 결혼 후 다닐 교회, 어떻게 결정해야 할까요?

A 주인의식이 필요할 것 같다. 교회 선택은 배우자를 고르는 것만큼 어렵다. 이 교회는 이런 점이 좋고 저 교회는 저런 점이 좋다. 이 교회는 이게 단점이고 저 교회는 저게 단점이다. 완벽한 교회는 없다.

10년 전쯤 선교지에 갔다가 그 나라의 지하교회를 방문한 적이 있다. 오토바이를 타고 골목길을 돌고 돌고 돌았다. 동행한 선교사님이 골목 어디쯤 나를 버리고 간다면 영영 길을 못 찾을 것만 같은 골목길을 달리고 또 달렸다. 그러다가 도착한 곳은 허름한 가정집. 곧 쓰러질 것 같은 문을 열고 컴컴한 주방을 지났다. '아…, 이런 게 말로만 듣던 지하교회구나. 세상에 내가 여기에 오다니, 나 무슨 일 생기는 건 아니겠지?' 솔직히 그런 생각하며 선교사님을 따라 안으로 안으로 들어갔다. 허리를 90도로 숙여서 작은 쪽문 같은 곳을 지나니 3평 남짓한 방 안에 스무 명 정도의 젊은이들이 모여 예배를 드리고 있었다. 말은 하나도 알아들을 수 없었지만 그 어떤 예배보다 마음이 숙연해졌고 하나님과 그리스도의 십자가와 보혈의 의미를 생각할 수 있었다.

나는 한국 교회에서 청취자이자 관중이었는데 그들은 예배자였고 주인이었다. 동시에 나는 소유한 복음의 부요함에 대해 생각해보았다. 동전 서너 개로 편리하게 자판기의 따뜻한 커피를 뽑아 먹듯이 신앙생활을 하는 내가 보였다. 언제나 원하는 설교를 골라 들을 수 있고, 기독교 서적도 넘쳐났다. 기도한다고 잡아가는 사람도 없었다. 숨어서 예배를 드릴 필요도 없었다. 그 당시 내가 다니던 교회에 있던 그랜드피아노, 빨간 카펫과 그들 교회의 쪽문은 심장이 쿵쾅거릴 만큼 대조되며 나를 흔들었다.

세계 선교의 흐름 속에서 한국 교회를 조망하고 그 안에서 신앙생활을 하는 우리를 객관적으로 보자. 이미 기본적으로 많은 것을 가졌다. 부요하다. 이미 많은 훈련을 받으며 유익을 누린 이들이, 더 양질의 영적 배움을 갈망한다며 '좋은 교회'를 찾아다닐 때 좀 씁쓸하다. 솔직히 말하면 신혼부부 양육 같은 것이 잘되어 있는 교회를 찾아다니는, 이미 받을 만큼 훈련받은 예비 신혼부부들을 볼 때 좀 속이 상한다. 가끔은 이기적으로 느껴진다. 언젠가 한 대형 교회에서 오랫동안 신앙생활을 한 사람이 작은 교회의 찬양대를 보고 너무 보잘것없다며 격이 떨어진다고 하는 이야기를 들은 적이 있다. 격이 도대체 뭔가. 그런 영성을 소유한 사람의 개념상실 발언에 분노도 아까웠던 기억이 난다.

복음의 의미가 퇴색한 전통 교회를 아파하며 성경적인 관점에서 시작하는 건강한 교회를 찾아가는 것보다, 한국의 교회를 건강하게 세우기 위해 주인의식을 가시고 애쓰는 사람이 되는 게 어떨까? 아니면 적어도, 나의 영성생활을 위해 맞춤형 교회를 쇼핑하는 신자는 되지 말자.

특별히 뜻을 가지고 선택한 교회가 아직 없다면, 두 분이 다니는 교회 중에 더 작은 교회를 가라고 이야기하고 싶다. 젊은이가 필요하고 아기 울음소리가 필요한 교회에 머물러 함께하면 어떨까. 작지만 좋은 교회들도 많다.

물론 시스템이 잘되어 있는 교회에서 신혼생활에 도움을 주는 성경공부와 기도모임을 하면 부부 관계가 더 건실해질 가능성이야 높아질 것이다. 영아부실에서 육아의 고충을 나누며 동료 초보 아빠 엄마들과 함께 예배를 드리면 위로도 되고 마음도 풍성해질 거다. 그런데 그렇게 약한 척하기에 우린 너무 많은 것을 가졌다는 생각이 든다. 아기가 감기에 걸렸다고 병원 한 번 편하게 가기 어렵고, 유행하는 장난감 하나 공수하려면 한 달은 걸리는 선교지에서 아이들을 키우며 고독한 신혼의 시기를 보내는 남녀 선교사들도 많다. 무엇을 더 받을 수 있을까를 생각하기보다 무엇을 나누며 함께할 수 있을지를 고민해보면 좋겠다.

또 하나, 예비 며느리들이 한 가지 알아두면 좋을 것이 있다. 믿음이 좋으시고 교회생활을 열정적으로 하시며, 친한 권사님 또는 집사님 멤버 수가 열 명 정도 되는 분이 예비 시어머니인 경우 귀 기울여주시라. 예비 시어머니는 '며느리와 함께하는 교회생활에 대한 환상'을 가지고 계실 확률이 높다. 모두는 아니나 상당수의 어머니들이 이런 종류의 로망을 가지고 계신다. 어머니들은 그간 내심 아들 며느리 손주들을 동반해 예배당에 들어오는 동료 권사님들과 집사님들을 부러워해온 터였다. 그분들에게 아들, 며느리, 손주 동반 예배당 입성은 여호와께서 주시는 다복과 축복의 상징이다. 그러므로 본인도 그 대열에 합류하실 것을 기대하고 계신다. 그러니 상황을 잘 파악하고 지혜로이 노선을 정하여 그 난관을 헤쳐나가시길!

시부모님이 기독교인이 아닙니다

Q 5년간 교제해온 남자 친구가 있고 그 사람과 결혼하고 싶습니다. 정말 착하고 좋은 사람입니다. 그런데 문제는 시댁입니다. 믿지 않는 시댁이고 제사도 지냅니다. 게다가 남자 친구는 장남입니다. 엄마는 믿지 않는 시댁으로는 가지 말라고 반대 의견을 주고 계십니다. 시댁을 생각하면 용기가 나지 않고, 남자 친구를 생각하면 이렇게 좋은 사람을 또 어디서 만날 수 있을까 고민입니다.

A '믿는 사람'이냐가 아니라 '어떤 사람'인가를 보라. 믿지 않는 시대은 반드시 나쁜 시대인가? 믿는 시대은 좋은 시대인가? 믿지 않는 사람은 나쁜 사람인가? 믿는 사람은 좋은 사람인가? '믿지 않는 집의 장남' 그게 그렇게 큰 결격사유인가. 아마 아프리카 오지로 떠나는 믿음 좋은 집안의 막내아들도 그리 좋아하지는 않을 것이다. 이런 경우는 또 믿음이 너무 좋아서 문제가 되겠지.

살아온 날들이 그대보다 많은 부모님들은 연륜이라는 게 있다. 돈이나 집안 배경이 인간사에 만만치 않은 영향을 미친다는 것을 알고 계시는 부모님이기에 걱정하시는 것은 충분히 이해한다. 하지만 가끔은 '상황'에 몰입해 '사람'에게 집중하지 않는 이들을 보면 너무 안타깝다.

어머니 세대의 간증을 들어보면 믿지 않는 시대이 끔찍한 이미지이기는 하다. 교회 나간다고 며느리의 성경책을 불태우고 머리채를 잡는다. 집안에 우환이라도 생기면 원인은 예수쟁이 며느리 때문이다. 며느리는 그렇게 구박을 받다가 새벽에 몰래 예배당에 가서 운다.

하지만 이제 시대가 바뀌었다. 당신이 고민하는 시대의 모습과 실제의 시대은 다를 것이다. 걱정하는 엄마를 안심시키고 상황을 다시 이해시켜 드리고 설득하는 것은 오롯이 당신의 몫이다. 당신의 독립적인 결혼을 위해 분연히 일어나야 할 타이밍이 지금인 것이다. 그런데 5년이나 사랑해서 연애하신 분이 엄마의 압력에 갑자기 앞길이 하나에서 둘, 셋으로 갈리시면 유감이다. 시대을 생각하면 결혼할 용기가 나지 않는다고 하니 안타깝다. 믿는 시대을 만나도 인간사는 다 갈등이 있기 마련이다. 제사는 안 지내겠지만 또 다른 종류의 어려움이 생기는 것이다. 만일 예비 시어머니가 드라마에서처럼 찬물 한 잔을 끼얹으며 "너 같은 건 내 눈에 흙이 들어가더라도 며느리로 받아들일 수 없다!"라는 식으로 나오셨다면 이건 50년을 연애했어도 정말 다시 생각할 일이다. 그런데 사람을 떠나 단지 믿음이 없고 장남인 것이 문제가 된다면 억울하다. 믿지 않는 가정으로 시집을 가면 며느리를 제물 삼아 굿판이라도 벌리시는가 말이다. 그분들은 당신을 잡아먹지 않는다. 그대가 5년간 사랑한 남자를 낳고 기르신 분들이다. 문제가 된다면 당신 가족의 편협한 사고가 이 결혼에 문제를 일으킬 가능성이 더 크다.

물론 믿지 않고 제사를 지내는 시댁으로 가면, 제사 음식도 해야 하고 영적인 갈등도 있을 것이다. 하지만 믿는 집으로 시집을 가도 또 그 나름대로의 스트레스 받는 일들이 생길 것이다. 모든 것이 다 인격을 따라간다. 믿는 집이냐 믿지 않는 십이냐가 중요한 섯이 아니라 어떤 분들인가가 중요하다. 믿지만 이기적인 시부모님보다는 안 믿으셔도 어진 시부모님들이 훨씬 더 좋다. 그러니 제발 근거 없는 흑백논리를 버려라. 장남이냐 막내냐도 그렇다. 장남이냐 막내냐 이전에 사람이 먼저다. 예전이야 동생들이 밑으로 5-6명은 줄줄이 달려서 장남이면 거의 자식 키우듯이 동생들을 거둬야 했으니 끔찍했지만 요즘은 밑으로 달려봐야 하나둘이고 다들 알아서 잘 산다. 물론 한국의 어머니들은 장남에게 조금 더 집착하는 경향이 있으니 그건 좀 애로사항이 되리라 생각한다.

정말 착하고 좋은 남자, 그리고 5년간이나 사랑한 그 남자. 이런 남자 또 만날 수 있을까 고민한다고 하셨다. 글쎄, 또 만날 수 있을지 없을지 그 누구도 알 수 없다. 하지만 당신에게 이 고민이 명료하게 정리가 안 된다면, 그래서 계속 주저하게 된다면, 나는 이렇게 말씀드리고 싶다. 미안하지만 그 남자가 좀 더 똑똑하게 생각할 줄 알고, 배포 있게 독립적으로 사랑할 수 있는 다른 여자를 만났으면 좋겠다고 말이다. 나는 당신에게 코페르니쿠스적 발상이 일어나기를 바란다. 그것이 그 남자를 향한 사랑의 진실성을 증명하는 길이 될 것이다. 여인이여, 이제 결단해라. 별들의 중심은 지구가 아니었다.

'사모'가 되는 건 부담스러워요

Q 요즘 저에게 관심을 표현하는 한 남자가 있습니다. 지금은 일반 직장에 다니고 있는데 곧 신학 공부를 시작할 거고, 교회 사역을 할 꿈을 갖고 있더라구요. 좋은 분인 게 한눈에 느껴지고, 저 역시 호감을 갖고 있습니다. 그렇지만 목사님이 될 분이라니, 전 너무 자신이 없습니다. 사모의 길이란 어떤 것일까요. 아무나 할 수 있는 것일까요? 제가 그 길을 감당할 수도 없으면서, 남자의 마음만 흔들어놓으면 어떻게 하나 걱정이 됩니다.

A 머리 아픈 고민을 좀 뒤로 하고, '지금 이 순간'에 충실하라. 직업이 목사인 남자와 결혼해 삶을 꾸려나간다는 것, 옆에서 지켜볼 때 쉬운 일은 아니라 생각한다. 내 주변에는 많은 사모님이 있다. 내가 엿본 그녀들의 삶은 참 대단하다. 벅차기까지 하다. 그런데 평범한 직장을 다니는 남자와 결혼해서 생활을 꾸려가는 여인들의 삶도 마찬가지다. 나는 어떤 성직자의 삶보다도 이 자본주의 사회에서 먹을 것 안 먹고, 입을 것 안 입고, 귀한 노동에 대한 박한 대가를 이리저리 쪼개며 살아가는 이들의 삶이 숭고하고 존경스럽다.

때론 싱글녀들이 사모라는 영역을 너무 영적으로 미화 또는 승화시켜서 생각한다고 느낄 때가 있다. 물론 나도 싱글일 때 그랬다. 사모도 여러 종류의 사모가 있다. 간사 사모, 목사 사모, 선교사 사모. 어떤 사모이냐에 따라서 고민의 내용은 달라진다. 여기서는 일반적으로 목사 사모를 고민하는 것으로 생각해 말씀드릴까 한다.

목사 사모의 삶, 물론 특별히 힘겨운 짐을 지고 간다. 영적인 긴장감이 떠나질 않는다. 교회마다 다른 '사모다움'에 대해 요구받고 때론 정죄의 대상이 된다. 어느 교회는 사모가 교회 일을 하면 안 되는데, 다른 교회에서는 사모가 온갖 봉사를 다 해야 한다. 어떤 교회에서는 사모가 밝고 다정하게 말을 많이 해야 덕스러운데, 다른 교회에서는 그저 말을 아끼는 것이 인덕이다.

교회라는 곳이 선사하는 무한 당혹스러움과 스트레스를 감당하면서 살아야 할 것이다. 단순히 '사모'라는 단어가 주는 막연한 두려움과 함께 그저 숭고한 길이라는 생각을 넘어 현실적인 고민을 해볼 필요가 있다. 사모가 된다면 현실적으로 어떤 것을 감당하면서 살아야 하는 것인지, 내가 그 라이프스타일에 적합한지 객관적으로 평가해보는 것도 좋은 방법이다.

내가 경험한 사모들의 고충을 예로 들자면 이렇다. 보통 사모들의 주요 고민은 세 가지 정도였다. '경제적 부담', '교회 안의 관계', '규칙적인 시간에 대한 압박'이다.

몇몇 분을 제외한 대부분의 교역자 월급은 빤하다. 보너스 같은 것도 없다. 팍팍하고 넉넉지 않은 생활, 소비지향적인 요즘 세태에서 비교의식을 이겨내며 꿋꿋하게 지낼 수 있을지 생각해봐야 한다. 맞벌이를 해야 할지도 모르겠다. 그것도 아이들이 어릴 때는 말처럼 쉬운 일이 아니기에 미리 생각해둘 필요는 있다.

또 교회는 수많은 직분과 관계가 존재한다. 목사, 사모, 장로, 권사, 집사, 교사 등등 수많은 관계망이 있고 그로 인해 발생하는 사건 사고가 참 많다. 그리고 왜 그리 말들이 많은지. 만일 그대가 관계에서 갈등이 생길 때 무던하게 넘기지 못하고 스트레스를 받는 편이라면, 사모가 되었을 때 웬만하면 상대방의 말을 들어주는 쪽을 택하라고 권하고 싶다. 좀 더 적나라하게 말하면 그대가 뒷담화의 대상이 되는 현장을 목격했을 때, 심한 심적 타격을 받고 자존감이 집을 나가 영영 돌아오지 않을 것 같다면 사모의 직분은 그대에게 버거운 짐이 될 수 있을 것이다. 교회 안, 도마 위에 심심치 않게 오르는 재료 중 가장 싱싱한 재료는 사모라는 생각이 든다. 그런 일이 있을 때마다 사람이 아닌 하나님께 꼰지르며 일을 해결할 수 있는 지혜와 덤덤함을 소유하는 것이 참 중요하다.

또 본인이 시간과 생활에 대한 자유를 심히 갈망하는 성격인 경우, 사모의 생활리듬에 대해 생각해봐야 한다. 주일예배, 수요예배, 금요 철야, 새벽기도까지 규칙적으로 참석해야 하는 여러 예배와 모임이 생활이다. 사모에 대한 막연한 두려움과 고민보다는 현실적으로 내가 이런 생활을 감당할 성격인지 정서적인 내공이 있는지 객관적으로 평가해보면 유익할 것이다.

그리고 한 가지, 다른 직업을 가지고 살아가는 남성과 결혼해도 삶의 희로애락은 다 있기 마련이다. 사모가 쉽지 않은 길이긴 하나 샐러리맨의 아내로 사는 것도 결코 쉬운 일이 아니다. 인생이 어렵고 결혼이 어려운 것이기 때문이다.

그런 의미에서 좀 더 근본적으로, 그대의 오빠 자체에 대한 고민을 시작해보길 권한다. 사람 나고 목사 났지, 목사 나고 사람 났나. 제일 중요한 것은 그 남자가 어떤 남자이고, 나를 사랑하는 사람이며, 나도 그 사람을 사랑하는가이다. "반딧불 초가집도 님과 함께면 좋다"라는 노래도 있지 않은가. 사람이 좋고, 사랑하고, 사랑받다 보면 함께 미래를 도모하게 되는 것이다.

얼마 전 남편과 함께 차를 타고 집 근처 고가도로를 지나고 있었다. 차창 밖으로 오토바이를 타고 달리는 남녀 커플이 보였다. 드라마의 한 장면처럼 검정 가죽재킷을 입은 남자는 오토바이의 속도를 높이고 있었고, 그의 허리를 붙잡은 여자는 긴 머리칼을 날리며 명장면을 연출하고 있었다. 커플을 보며 남편이 말했다. "미래를 약속했나봐."

사람을 사랑하게 되면 조금은 위험하게 달려야 할 일이 생긴다 하더라도 미래를 약속하고 싶어진다. 그러니 일단은 그 남자를 사랑할 수 있는지 시작해보는 것이 먼저다. 직함을 넘어 사람이 먼저여야 한다. "나, 목사님하고 결혼해"와, "나 결혼하는데, 오빠가 목사야"는 비슷한 의미 같지만 천지차이다.

나는 개인적으로 한 사람과 건강한 사랑을 할 수 있을 때 목회의 일도 가장 잘 감당할 수 있다고 믿는다. 이 머리 아픈 고민의 실타래는 오빠와의 즐거운 데이트를 시작으로 풀리기 시작하지 않을까. 일단 오빠랑 놀이공원에서 달콤한 아이스크림, 그걸 사먹는 게 먼저다.

한 사람을 사랑하게 되면
조금 위험한 순간도 견뎌보고 싶은
마음이 생긴다.

"LOVE"

연애를 묻고, 연애를 답하다

30가지 짧은 Q&A

저는 성격이 좀 진지한 편입니다.
생각하느라 말이 많이 느린 편인데,
그래서 상대방과 이야기하는 데 어려움이 있습니다.
어쩌죠?

소개팅할 때 어려움이 있겠다. 말이 느리면 매력적이지 않고 답답하다는 느낌을 준다. 사실은 그대 같은 사람이 진국일 수 있는데, 진국인 것을 알아보기까지 시간이 제법 걸린다.

조금 노력을 해보면 어떨까. '나는 원래 이런 사람이니 어쩔 수 없어.' 이런 고정관념은 잠시 접어두고 적극적인 대화를 시도해보자. 일단 말을 빨리 받아치지 못하겠으면 리액션이라도 하는 훈련을 해보자. 대화는 노력이고 배려이다. 소통을 위해 배려하고 맞추는 노력이 중요하다.

조카가 있다면 동화책을 열심히 읽어줘봐라. 동화책은 친절하고 따뜻한 화법이 가득하다. 많이 읽어주다보면 입에 붙을 거다. 그렇게 조금씩 연습해보자.

결혼할 남자와
연애만 할 남자의
차이는
무엇인가요?

따로국밥도 아니고 이 둘을 완전히 분리해 생각한다는 것에 우선 동의가 안 된다. 하지만 굳이 차이를 말해보자면, 연애는 멋있고 잘생기고 돈 많고 옷 잘 입고 속된 말로 '땡기는 사람'과 시작해볼 수도 있겠지만 결혼은 땡겨서 하기엔 너무 심오한 인생의 여정이다. 난항이 예상되는 항해라고나 할까.
결혼할 남자는 어떤 풍랑에도 기관실을 떠나지 않으며 끝까지 순항을 위해 노력하는 책임감 있는 남자, 옷 좀 못 입고 키 좀 작아도, 배에 오른 이상 비겁하게 혼자 구명조끼 입고 바다에 뛰어들지 않는 남자라면 오케이.

이성교제에 적합한 나이는
몇 살인가요?

글쎄, 다 개인차가 있다고 생각한다. 연애라는 게 다 시행착오를 겪고 상처를 주고받는 것이긴 하지만, 최소한 사랑이 이타적인 속성이 있다는 것을 알고 사랑을 주고받을 능력이 될 때 하면 좋을 것 같다.

단, 청소년들의 사랑이 매우 깊어지는 것은 반대다. 그들은 아직 전두엽이 완전히 발달 완료된 상태가 아니므로 나쁜 연애가 정서에 심각한 손상을 줄 수도 있다.

이성과의 연애는
꼭 결혼을 전제로 시작되야 하나요?

꼭 그런 것은 아니다. 연애를 해보지도 않고 결혼할 사람인 줄 무슨 수로 분간하나. 연애는 그 사람과 남은 인생을 함께해도 좋을지 알아가는 기간이다. 끝은 결혼일 수도 아닐 수도 있다. 무분별하고 쉬운 연애는 경계해야 하겠지만 시작부터 결혼이라는 큰 부담을 지우며 하는 연애도 부작용이 있기 마련이다.

자매는 어떤 생물입니까?
상상 속에서만 존재하는 것 같아요.

음… 섣부른 추측일지 모르나, 야한 동영상으로 여성이라는 존재를 처음 만나신 것이 아닌가 싶다. 어디까지나 섣부른 추측임을 밝힌다. 〈응답하라 1997〉이라는 드라마에 도학찬이라는 인물이 나온다. 도학찬은 고교 캠퍼스의 야동의 최대 공급책이다. 모든 최신판 야동은 그의 손에서 편집되고 유통된다. 그런데 문제는 도학찬이 실제 여자를 만나면 눈도 못 마주치고, 말도 못하고 어쩔 줄을 모른다는 점이다. 남자가 엄마와의 따뜻한 친밀감을 경험하지 못하고, 어린 시절 이성 친구들과 뛰어놀아본 적이 별로 없으면서 야동에 빠질 때, 실제 여성과 소통하는 것에 많은 어려움을 가지기도 한다. 여자도 인간이다. 주변의 이성 친구들과 건강한 우정을 만드는 게 도움이 될 것이다.

남자들의 연애심리가
궁금합니다.

남자들의 연애심리는 사랑받고 싶은 심리, 존경받고 싶은 심리
이다. 남자들도 외롭고 사랑이 필요한 존재이다. 여자처럼 말 한
마디에 상처받는데도 남자라고 티도 못내는 불쌍한 사람들이다.
그들이 어린 시절의 상처나 자신 안에 있는 연약함을 극복하지
못한 경우, 때때로 여자들에게 상처를 주지만 여자들도 상처주
기는 마찬가지다. 남자들은 여자들의 좋은 사랑이 필요한 연약
한 사람들이다. 사랑받고 싶은 마음, 그것이 그들의 근본적인 연
애심리다.

아프려고 사랑하는 것은 아닌데
왜 사랑을 하면
아픈 걸까요?

사랑이 얼마나 아픈 것인지는 예수님께서 보여주셨다. 십자가는 사랑이 얼마나 큰 희생과 고통을 내포하고 있는지를 보여준다. 사랑하면 아픈 것은 사랑의 속성이 그렇기 때문이다. 원래는 아픈 것이 아니었겠지만, 인간이 타락한 후 사랑은 아픔 없이는 할 수 없는 것이 되었다. 그래서 남녀 사이에도 사랑하면 아픔과 상처가 동반된다.

사랑은 참 희한하다. 아픔 없이는 할 수 없는데 아파도 또 하고 싶다. 아마도 인간이 하나님의 형상을 닮았기 때문이리라. 당신이 아프다면 진짜 사랑을 하고 있는 것이다. 진짜 사랑을 하면 아프다. 모두가 그렇게 사랑을 한다. 힘내길.

밀당을 못하면
연애를 못하는 걸까요?

밀당, 누가 이렇게 나쁜 말을 만들었을까? 밀고 당기기를 잘하면
상대의 감정과 행동을 조종하는 데는 분명 효과가 있을 것이다.
하지만 그것이 정말 옳은 걸까? 남녀 사이에 서로의 존재를 이해
하는 차원에서의 지혜 있는 언사, 그로 인한 긍정적인 관계의 역
동이 일어나는 것은 아름답다. 하지만 스코어에서 밀리지 않으려
고 하는 밀당의 행위는 사랑하는 행위의 반대가 아닐까.

남자의 진심을 확인하는 방법은
뭘까요?

행동이다. 호감도가 높아서 문자메시지를 서른 번 주고받아도, 밥 한번 먹자고 열 번을 말해도 소용없다. 행동이 기준이 된다. 진짜로 만나서 데이트를 하는지, 관계에 대해서 진전을 시키는 말을 입밖으로 하는지로 남자의 진심을 가늠할 수 있다. 건강한 남자들은 절대 술에 술 탄 듯 물에 물 탄 듯한 관계를 오래 지속하시 않는다. 건강한 남자들은 속도감 있게 구획을 잘 정리하는 경향이 있다.

결혼 전에 순결을 지켰는데
막상 결혼 후 속궁합이 안 맞으면
어떻게 하나요?

결혼 전에 성경험이 없다면 비교대상 자체가 없으니 속궁합이
맞는다 안 맞는다가 그렇게 예민한 사안이 되지는 않을 것이다.
섹스는 부부의 평소 친밀도와 신뢰감에 따라 만족도가 결정된
다. 부부 관계는 동물의 왕국이 아니다. 영성과 마음과 의지가
어우러지는 기묘한 선물이 부부 간의 섹스이다. 속궁합 정도로
표현될 수 없는 훨씬 차원 높은 행위이니 걱정을 붙들어 매도 좋
겠다. 성에 대한 부부 간의 열린 대화와 서로를 만족시키고자 하
는 사랑의 마음이 있으면 그것으로 족하다.

사람을 믿기가 어렵습니다.
적당히 대하고 도망가요.
어떻게 해결할 수 있을까요?

특정 상처나 사건이 있어서 사람에 대한 신뢰감을 잃었다면 회
복하는 데 많은 시간과 노력이 필요할 것이다. 특히 성장기에 당
신의 의존을 100퍼센트 받아주어야만 했던 부모님이 의존을 거
부하고 신뢰를 박탈하는 행동을 하셨다면 더더욱 사람을 신뢰하
기가 어려울 것이다. 하지만 세상에 있는 모든 사람이 다 믿을
수 없는 것은 아니다. 물론 인간은 근본적으로 믿음의 대상이 아
니나 서로가 최선을 다해 신뢰해야 하는 사이이다. 가까운 친구
관계, 애인, 교회 공동체 속에서 신뢰하는 관계의 경험을 쌓아가
면서 사람을 믿는 훈련을 하길 권한다. 계속 도망가면 당신만 외
롭다.

배우자가 센스가 없어요.
다 알려줘야 하나요?
받고 싶은 것, 듣고 싶은 말, 이런 것을
일일이 알려줘야 하나요?

그렇다. 다 알려주어야 한다. 이런 것을 알려주지 않을 때 일이
복잡해지고 싸움이 난다. 말하지 않아도 아는 것이 사랑이 아니
다. 말할 때 들어주고 개선의 의지를 불태우는 것이 사랑이다.
말 안 해도 어디 알아주나 안 알아주나 테스트 하지 말고, 속 시
원하게 말하고 사랑을 받아라. 자존심이 사랑을 막는다. 상세히
일러줄 때 상대는 편안해한다. 단, 잔소리는 금물이다. 바람과
소원을 머금은 달콤한 목소리로 말하자.

결혼 전 연애를 많이 해 보는 것이 도움이 되나요?
저는 웬만한 남자면 다 좋아요.
진짜 내가 좋아하는 사람이 누군지 모르겠어요.

큰일이다. 다 좋으면 안 되는데 말이다. 많이 외롭게 자라셨는지도 모르겠다. 일종의 애정결핍이 있을 때, 사랑이 고프고 감정선이 약하면 이런 현상이 생기는 것 같다. 결혼 전에 연애를 잘해 보는 것은 결혼생활에 확실히 도움이 된다. 연애를 통해 사랑이 마냥 핑크빛만은 아니라는 것을 알고 나시야 현실적인 결혼생활을 잘 꾸려나가는 것 같다. 하지만 감정을 주체 못해 이리저리 휘둘리는 연애는 좀 곤란하다.

그저 외로우니까 당신의 외로움을 채워주는 것 같은 남자 말고, 당신 마음의 가장 큰 함몰 지점을 매워줄 사람을 찾아라. 감정은 소중한 것이다. 진짜 상대를 위해 감정을 귀하게 여기고 조금 아끼는 것도 필요하다.

연애가 싫어요.
결혼만 하고 싶어요.

연애를 해야 결혼을 할 수 있다. 왜 연애가 싫으실까. 아마 확정
되지 않은 불안정한 관계가 주는 불안감이 부담스러워 그럴 것
이다. 못 박힌 관계가 주는 안정감으로 빨리 안착하고 싶은 욕구
는 누구에게나 있다. 하지만 끝을 알 수 없는 연애 기간 동안 서
로 상처주고 회복하고 신뢰를 쌓아가며 앞으로 걸어갈 길을 만
들어가는 것은 가치 있는 일이다. 예선에서 그런 사랑의 수고를
해보고 결혼을 해야 본선을 보다 잘 뛸 수 있다.

소개팅을 했는데
그 남자에게서 연락이 안 와요.
왜 안 하는 걸까요?

마음이 없으니까 안 오는 거다. 다른 시나리오를 쓸 필요도 없고, 번외의 가능성을 고려할 필요도 없다. "만났을 때 분위기 좋았구요, '담에 또 봐요'라고 문자도 왔어요"라고 하나같이 말씀하신다. 남자들도 매너라는 게 있다. 최선을 다한 거다. 대화 중에 간간이 '이 여자 괜찮네'라고 생각했을 수 있다. 하지만 거기까지. 호감은 있었지만 집에 가서 찬물로 세수하고 생각해보니 다시 또 만날 만큼, 사귀고 싶은 만큼은 아니었던 것이다. 갑자기 상대의 집에 큰 우환이 있거나, 회사일이 너무 많아졌거나, 갑자기 맹장염에라도 걸려서 연락이 안 오는 것이 아닐까 큰 믿음을 가져보고 싶겠지만, 우리 그냥 쿨하게 받아들이자. 마음이 없으니까 안 오는 거다.

여자가 먼저 고백하면
안 되나요?

되긴 된다. 남자를 봐가면서 하면 된다. 모든 남자들이 여자의
고백을 싫어라 하는 것은 아니다. 여자의 고백을 잘 받아들이고
사랑을 만들어가는 멋있는 남자들도 많이 있다. 그런데 일반적
으로 남자들은 여자들의 고백을 부담스러워한다. 그러니 고백하
려면 남자를 봐가면서 하고, 직구보다는 변화구가 좋을 것 같다.

제가 하고 있는 많은 일 때문에
연애하는 게 너무 힘들어요.
그런 이유 때문에 헤어지기도 하고요.
어떡하죠?

연애하지 마라. 이런 이유 때문에 헤어지기도 했다는 것은 지금
말고 이전에도 하고 있는 일 때문에 연애하는 게 힘들었던 적이
있었다는 것이다. 에너지가 생기면 그때 연애하자. 연애는 상대
에게 줄 에너지가 언제나 마음 한켠에 있어야 할 수 있다. 바빠
도 힘들어도 상대에게 줄 시간과 정서와 체력이 있을 때 하는 것
이다. 연인이 핸드폰 고리도 아니고, 바라봐주지 않는 그대에게
대롱대롱 매달려 다니는 액세서리가 될 수는 없다. 당신을 내어
줄 수 있을 때, 그때 연애해도 늦지 않겠다.

좋아하는 사람이 있는데
마음을 표현하지 못하겠어요.

표현을 안 하면 아무 일도 일어나지 않는다. 사랑하고 싶다면 표현하라. '표현 못하겠어요'라는 생각, 그 생각이 적이다. 한계선을 넘어라. 우리는 자기 자신을 과소평가하는 경향이 있다. 인간은 굉장한 잠재력을 가지고 있고 기도는 그 잠재력을 끌어올린다. 생각이 존재를 통제한다. 생각의 통제권에서 벗어나 "우리 커피 한 잔 마시러 갈래?"라고 말하고 있는 당신을 만나기 바란다.

동갑은
왜 끝이 좋지 않을까요?

보통 동갑은 남자가 여자에게 갖는 정서적인 기대치가 높다고 한다. 동등한 관계를 유지하기 애쓰는 반면, 그만큼 여자에게 기대하는 기대치가 높다. 아무래도 나이 차이가 나면 은연중에 '에이, 네가 아직 경험이 부족해서 그렇지…' 하며 넘어가게 되는데 동갑은 그게 잘 안 된다. 동갑은 믹고 산 밥그릇 개수가 비슷한 만큼 팽팽하다. 그래서 동갑은 재미있을 때는 한없이 재미있고, 싸울 때는 제대로 살벌한 것 같다.

연인이 아닌
그냥 친구 관계인 남녀 사이에서 할 수 있는
스킨십의 정도는?

한국 문화권에서는 거의 없지 않을까. 한국 문화권에서 애인 아
닌 친구끼리 손을 잡고 걷거나 뽀뽀를 하거나 진한 포옹을 하거
나 하는 것은 어색하다. 만일 둘 다 교포라서 가벼운 스킨십을
인사로 또 의사표현으로 오해하지 않을 문화권에서 성장했다면
야 괜찮겠지만, 일반적으로 한국의 문화는 그렇지 않다고 생각
한다. 문화를 이해하고 감정을 표현하는 것이 중요하다.

여자 친구를 정말 사랑하는데
어떻게 표현해야 할까요?

여자 친구한테 물어라. 여자들이 보편적으로 원하는 특성들이 있다고는 하나, 개인차가 있고 사람마다 성격이 다르다. 나는 꽃다발 선물을 싫어한다. 일단 가지에서 잘린 꽃이 불쌍하고, 너무 비싸서 꽃다발이 돈다발로 보일 정도니까. 이렇듯 사람마다 다르다. 여자 친구에게 물어보라, 어떻게 해줄 때 행복감을 느끼는지. 여자들은 남자들이 그렇게 자상하게 자신의 마음을 물어봐주고 관심을 가져주는 자체에 이미 행복해지기 시작한다.

남자 친구랑 만난 지 3년이 되었는데요,
저는 졸업반이고 남친은 졸업이 2년이나 남았어요.
앞으로 어떻게 관계를 맺어야 할까요.

앞으로 두 분의 세계가 달라지는 만큼 관계의 위기는 찾아올 것
이다. 다가올 어려움을 예측하고 그럴 때 서로 어떻게 대해주어
야 할지 관계 예측도를 구상해서 숙지하라. 아무리 어려운 순간
이 와도 두 사람의 의지와 태도가 관계를 결정하더라. 그런데 이
런 변화는 결코 만만하지 않을 것이다. 그래도 응원한다.

연애하고 있어요.
누가 봐도 상대방은 나를 좋아한다고
여러 사람들이 말해주는데요,
저는 사랑받는다고 느끼지 못한다면,
그건 제 문제인가요?

글쎄, 단정지을 수는 없지만 자신을 돌아보는 것도 나쁘지 않을 것 같다. 다른 사람들이 "그 사람은 너 안 좋아해" 하는데도 혼자서 '아니야 분명히 나를 좋아하고 있어'라고 생각하는 것도 안쓰러운 일이지만 이 경우도 안쓰럽다. 상대가 지쳐서 떠나지 않게 되도록 빨리 그의 사랑을 신뢰하면 좋겠다. 단, 당신이 사랑을 받는 코드와 그가 사랑을 주는 코드가 다를 수는 있다. 이것에 대한 소통을 하면 도움이 될 것 같다.

순수하게 사귀는 것이
좋은 것인가요?

순수하게 사귄다는 것이 육체적인 관계를 갖지 않는다는 것을 의미한다면 나는 순수하게 사귀는 것이 좋다고 생각한다. 사람들은 임신의 가능성, 임신 후의 문제를 너무 가볍게 생각하는 경향이 있다. 세상에 100퍼센트 안전한 피임법이 없건만 그런 자신과 확신이 어디에서 오는지 모르겠다. 한 해 입양되는 아이들이 1만여 명이라고 하니, 입양되지 못하고 기관에서 자라는 아이는 더 많을 것이다. 그 아이들이 결혼한 부부들이 포기한 아이들일까? 그 소중한 아이들은 누구의 자녀들인가? 자유 연애의 상징인 '프리 섹스'가 매해 1만여 명의 입양아를 만들고 있다.

저는 어장관리만 당하고
애인은 안 생깁니다.

스스로 가치를 높여라. 누가 그물로 덮으려 하거든 그물을 잘라 버려라. 여러 생선 중에 하나로 살지 않는 방법은 당신이 그물 밖으로 나오는 것이다. 외롭기 때문에 막연한 기대로 관계를 추측하지 말라. 다가오는 만큼 묻고, 상대가 책임을 지는 만큼 마음을 열어라. 어찌되겠지 하는 생각으로 자신을 그물 속에 방치하지 말고 어부의 두 눈을 똑똑히 쳐다보라.

배우자를 기다리고 있어요.
기도하며 마냥 기다려야 하나요?

기도는 미신적인 행위가 아니다. 무언가를 받기 위해 공을 드리는 치성도 아니다. 기도는 대화이고 하나님과의 소통이다. 기도하며 마냥 기다린다는 것은 기도를 통해 언젠가 하늘에서 왕자님이 뚝, 공주님이 뚝, 하고 떨어질 것이라 기대하는 것이다.

하나님은 배우자를 기다리고, 결혼을 준비하며, 한 사람을 사랑하는 당신의 과정에 많은 관심을 가지고 계신다. 그리고 그 과정 중에 당신이 성숙한 열매를 맺어가길 원하신다. 결과보다 과정이 중요하다는 말이 있다. 배우자를 인도받는 부분도 그렇다. 우리 편에서 할 수 있는 노력과 변화가 결과만큼 중요하다.

하나님이 원하시는 사람은 아닌 것 같은데
좋으면 어떻게 해야 하나요?

당신이 생각하고 있는 하나님이 원하시는 사람이 아니라는 기준이 무엇인지는 모르겠지만, 유부남 또는 유부녀라거나 내일모레 결혼할 사람이 아니라면 좋아하면 안 되는 사람은 없지 않을까. 때론 하나님이 원하시는 사람이 아닌 것 같다는 생각 자체가 우리의 사고가 만들어낸 기준일 때도 많은 듯하나.

좀 더 자유롭게 사랑하는 용기, 스스로 만든 선을 넘지 못하는 주저함을 넘는 용기가 있으면 어떨까. 내가 한 번도 가보지 못했던 동네, 한 번도 가보지 못한 나라에도 좋은 사람들은 많이 살고 있다. 끝내 이생에서 한 번도 만나보지 못하고 비켜갈 65억 명의 사람들 중에도 좋은 사람들은 넘쳐날 테니 말이다.

주변에 남자가 없네요.
믿음 좋고 인격 좋은 남자는
도대체 어디서 만날 수 있나요?

이런 남자는 어디서 만날 수 있는고 하니, 이미 다른 여자와 결혼생활 20년 정도한 아저씨들의 조기축구 모임에서 만날 수 있다. 나이만큼 성숙해가는 게 자연스러운 일이다. 당신이 결혼하기 원하는 나이대에서 이런 조합을 자꾸 찾으니 없는 남자가 더 없는 것이다. 그리고 남자의 신앙을 어찌 30대에 이야기할 수 있을까. 남자의 진짜 신앙은 40대의 격동기를 지나야 알 수 있는 것 같다. 그러니 조금 성에 안 차더라도 착하고 좋은 남자에게 정을 붙여봐라. 그 남자가 20년 뒤에는 믿음 좋고 인격 좋은 남자가 되어 있지 않겠는가.

같은 공동체나 소그룹에서 연애하는 경우에
공개가 좋나요, 비공개가 좋나요?
공개한다면 언제가 좋나요?

교회마다 분위기가 다르다. 교역자의 철학, 리더 그룹의 분위기, 공동체의 성숙도가 이 사안의 향방을 결정한다. 솔직히 이 부분은 공개를 하는 당사자들보다, 연애 사실을 알게 된 공동체원들의 성숙도가 훨씬 중요하다. 남녀가 사랑하게 되는 것은 얼마나 자연스러운 일인가. 그 자연스러운 일을 자연스럽게 받아들일 수 있는 문화가 더 시급하다. 두 사람이 너무 진한 애정행각을 벌여서 다른 이들에게 불편함을 주는 것은 조심해야겠지만, 나는 개인적으로 연인 사이가 어느 정도 안정되면 자연스럽게 밝히는 게 좋다고 생각한다.

이성이 배우자로 보이는 시점은 언제인가요?
그리고 결혼은 하는 게 낫나요, 안 하는 게 낫나요?

어떤 사람이 배우자로 보이는 시점은 그 사람에게 전폭적으로 헌신하고 싶은 마음이 들기 시작할 때라고 생각한다. 감정적인 뜨거움을 지나 '정말 이 사람이면 나를 내어줘도 아깝지 않겠구나'라는 헌신의 욕망이 생길 때가 연인이 배우자로 거듭날 수 있는 시점인 것 같다. 예수님을 자유롭게 섬기려면 결혼하지 말고, 예수님을 닮고 싶다면 결혼하라는 말을 들은 적이 있다. 결혼을 선택 안 할 이유가 분명하고 그 이유가 하나님이 보실 때에도 좋은 이유라면 결혼을 안 하면 어떤가. 하지만 막연히 결혼이 두렵고 답답해서라면 웬만하면 결혼하는 게 낫지 않을까. 결혼만큼 우리를 성장시키는 과정은 없는 것 같다.

같은 교회에서 여러 명과 교제하면 안 되나요?
남자 친구가 있는데
다른 남자가 눈에 들어오고 사귀고 싶어요.

나이트에서도 부킹은 웬만하면 짝 맞추어 한다. 왜 짝을 맞출까? 남녀 관계란 자고로 1대 1이 정상인 것이다. 연애란 서로에게 집중하면서 상대와 자신을 알아가고 성장하는 과정이다. 그런데 셋으로는 아무것도 못한다. 밥 먹을 때 젓가락 두 개를 손가락으로 잘 잡아야 원하는 반찬을 먹고 영양소를 채울 수 있다. 젓가락 세 개로 젓가락질을 한다고 생각해보라. 반찬을 집어 먹기는커녕 손가락으로 젓가락 쥐기 연습하다 끝날 것이다. 연애를 셋이서 하면 죽도 밥도 안 된다. 연애는 1대 1의 헌신된 관계이지 감정을 즐기는 관계가 아니다. 그러니 다른 남자가 눈에 들어오면 이게 죽도 밥도 안 되는 세 개의 젓가락질이구나, 하고 생각하면서 하나는 깔끔히 포기하는 걸로.

남자 친구가 예수님을 믿진 않는데요,
교회에 나오고 싶어해요.
어떻게 해야 할까요?

데리고 나와라. 뭐가 걱정인가. 그런데 꼭 설명해줘야 할 것이
있다. 교회는 자신이 죄인이라는 것을 인정하는 사람들이 다니
는 곳이라서 이상한 게 많을 것이라고 이야기해주어라. 그래야
우리의 부끄러운 모습 속에서 하나님의 자비하심을 발견할 수
있지 않을까 싶다.

걸음마를 배우고, 첫말을 떼는 아이처럼

나에게는 네 살 난 아이가 있다. 《사랑하기 좋은 날》을 쓸 때 그 아이는 뱃속에 있었다. 그리고 《고백하기 좋은 날》을 쓸 때쯤 돌이 지나 걷고 뛰었다. 그리고 지금 세 번째 책을 다 쓴 이때 걷고 뛰고 말하고 노래도 부를 줄 알게 되었다. 〈곰 세 마리〉 노래도 곧잘 부른다. 정말 귀엽다.

나는 우리 사랑의 여정이 아이의 성장과 같기를 바란다. 민혁이를 보면서 생각하고 바란다. 누군가의 사랑이 이렇게 자라고 있겠구나….

민혁이는 성장하면서 열감기도 걸리고, 뛰다가 무릎도 깨지고, 베란다에서 넘어져서 눈두덩이도 찢겼다. 성숙하지 않은 그 아이의 연약함은 많은 상처를 냈지만 민혁이는 날이 갈수록 강해지고, 또 견고해지는 중이다.

나는 개인의 연애도 아이의 성장과 다르지 않다고 생각한다. 다가오는 사랑의 시련을 견디고 극복해야 한다. 그리고 그 성장은 우리의 선택에 달려 있다. 나는 당신의 용기 있는 선택이 사랑을 만들고 그 선택이 성장을 이루는 것을 경험하게 되길 바란다.

세 번째 책도 함께해 준 포이에마에 감사드린다. 누구보다 나의 히어로 박진희 팀장님께 감사드린다. 그리고 남편과 민혁, 나의 동반자들에게 사랑과 감사를 전하고 싶다.

인간에게 사랑에 관한 갈망이 없었다면 이 책은 절대 나오지 않았을 것이다. 사랑을 지으시고 사랑을 갈망하게 하시고 사랑을 고민하게 하시는 하나님. 그분을 이 책의 마지막 장에서 기억하고 싶다.

2013년 4월
봄을 기다리는 새벽
김지윤

사랑을 큰 퍼즐이라 가정한다면
로맨스는 아주 작은 조각 중에 하나다.
나머지는 희생과 자기 부인,
그리고 헌신으로 채워진다.

_좋은연애연구소